SKANDER,

NOUVELLE GRECQUE

DU QUINZIÈME SIÈCLE;

PAR

M. BARRAU (THÉODORE-HENRI).

Defte, paides tôn Hellinôn.
Enfans des Hellènes, levez-vous!
(Chant patriotique des Grecs).

PARIS,
ALEXIS EYMERY, LIBRAIRE-ÉDITEUR,
RUE MAZARINE, N.o 30.

Août 1825.

SKANDER,

NOUVELLE GRECQUE

DU QUINZIÈME SIÈCLE ;

PAR

M. BARRAU (THÉODORE-HENRI).

Defte, paides tôn Hellinôn.
Enfans des Hellènes, levez-vous!
(Chant patriotique des Grecs).

PARIS,
ALEXIS EYMERY, LIBRAIRE-ÉDITEUR,
RUE MAZARINE, N.o 30.

JUILLET 1825.

PRÉFACE.

Je retrace, dans cet opuscule, la noble rebellion d'un prince chrétien, qui, dans la Grèce du moyen âge, renouvela les merveilles de la Grèce antique.

Cet événement est célèbre : les détails en sont entièrement inconnus (1). J'ai pu, dans cette Nouvelle, créer les événemens et les caractères, sans craindre les souvenirs du lecteur. Le poète et le romancier marchent avec plaisir et avec assurance dans les ténèbres où l'historien s'égare.

(1) Voyez la note à la fin du volume.

Les exploits, qui ont immortalisé ce héros, après sa révolte contre les Turcs et son retour à la foi de ses pères, sont étrangers à mon sujet. Je me contenterai d'observer qu'il n'eut jamais plus de dix à douze mille hommes sous les armes, et qu'il défendit vingt ans sa patrie contre les troupes innombrables d'Amurat et de Mahomet, conduites par d'habiles chefs, enflammées par le fanatisme et accoutumées à la victoire.

Comme les Grecs de nos jours, il fut abandonné à ses propres forces, et n'obtint de l'Europe chrétienne que d'inutiles vœux et une admiration stérile. Puissent-ils, comme lui, triompher pour elle et sans elle !

SKANDER,

NOUVELLE GRECQUE

DU 15.e SIÈCLE.

Skander,

Nouvelle grecque du 15.e siècle.

A quelque distance de la mer Adriatique, s'élevait Croïa, capitale d'une de ces principautés grecques, formées dans les derniers troubles de la monarchie de Constantin, faibles états, qui, après avoir brillé d'un éclat passager au milieu des orages, disparurent bientôt dans le naufrage de tout l'empire. Aujourd'hui Croïa n'est plus qu'un amas de décombres. Placées aux dernières limites de la Grèce, entre les contrées barbares et les terres classiques, ses ruines, trop rapprochées d'autres ruines plus illustres, sont rarement honorées des visites du voyageur. Leur aspect cependant réveille des souvenirs chers aux âmes généreuses. Vers le milieu du quinzième siècle, cette capitale de l'Épire, encore florissante, fut illustrée par des événemens dignes d'une immortelle mémoire.

Vingt ans s'étaient écoulés, depuis que la principauté d'Épire, conquise par les Ottomans, gémissait sous leur joug de fer. Un ancien officier des princes d'Épire, le brave Alexis, sortant des remparts de Croïa, s'acheminait en silence vers les bords de la mer, où l'appelait un avis mystérieux. Il allait revoir un ami, s'il devait en croire une lettre jetée dans sa maison par une main inconnue. L'endroit du rendez-vous avait été heureusement choisi.

Assez loin de la ville était un lieu

sauvage et presque inaccessible, ignoré des tyrans. D'énormes rochers élevant jusque dans les nues leurs sommets couronnés de bois, entouraient un bassin, où la mer, calme et dormante, offrait une espèce de port aux barques et aux petits navires. On ne pouvait parvenir dans ce bassin qu'en se dirigeant avec beaucoup de prudence au milieu des écueils et des bancs de sable. Ainsi ce lieu, très-sûr du côté de la terre, l'était également du côté de la mer. D'ailleurs les bâtimens turcs se hasardent rarement sur la côte d'Epire, toute bordée de rochers droits comme des murailles, dont les cîmes noircies des feux de la foudre, effraient le navigateur par un présage sinistre.

C'est là qu'en attendant l'ami inconnu qu'il devait revoir, Alexis se promenait lentement au bord de la mer. Depuis que sa patrie gémissait dans l'esclavage, le sourire n'avait pas paru sur ses lèvres; les plus beaux jours étaient sombres à ses yeux : l'espérance même de revoir un ami était pour lui sans douceur.

Une gondole vénitienne entre dans le bassin. Les matelots l'amarrent à un rocher, et aident avec respect un homme, vêtu d'un habillement grec, tel que le portaient les personnes du plus haut rang, à passer sur le rivage. Cet étranger s'avance vers Alexis. Sa physionomie est pleine de noblesse et de grandeur, quoique l'âge et le chagrin aient blanchi ses cheveux et flétri ses traits.

A sa vue, le premier mouvement d'Alexis est de s'élancer vers lui, de se jeter dans ses bras, et de l'embrasser en pleurant; le second est de reculer par un sentiment d'effroi, et de lui dire :

« Démétrius!.... O ciel! Démétrius
» Comnène! C'est vous! Que venez-vous
» chercher en Épire? Hélas! voulez-vous
« donc périr? Qui vous amène ici?

— « Que le Dieu des chrétiens soit
» béni! Votre tendre accueil, vos
» alarmes mêmes, tout me prouve,

» Alexis, que vos sentimens n'ont pas
» changé, et que le Ciel est propice à
» mes desseins. Je vais vous demander
» une nouvelle preuve de votre dévoue-
» ment : elle n'est pas pour vous sans
» péril : mais qu'est-ce que le péril aux
» yeux d'un ami tel que vous ?

— « Parlez. Vos désirs seront des
» ordres. Que voulez-vous de moi ?

— « Un asile secret dans votre
» maison pendant quelques jours. »

Alexis pâlit :

— « Disposez de ma vie, Démétrius,
» mais épargnez la vôtre. Si mes services
» vous sont nécessaires, jetons-nous
» dans votre gondole, et profitons, pour
» sortir du bassin, des derniers rayons
» du jour, prêt à disparaître. Je vous
» suivrai, s'il le faut, aux extrémités
» du monde. Les écueils les plus dan-
» gereux, la mer la plus orageuse,
» seront plus sûrs pour vous que les
» rivages de votre patrie.

— « Alexis ! un secret bien précieux,

» un secret dont dépend ma vie, et que
» vous n'apprendrez pas avec indiffé-
» rence, me rappelle à Croïa, sur la
» tombe de mes enfans.

— « Oubliez-vous quels supplices
» vous attendent, si vous tombez entre
» les mains d'Amurat, s'il découvre en
» vous ce Démétrius qu'il a cru enve-
» loppé dans le massacre de sa famille?
» Ignorez-vous qu'un de ses frères,
» révolté contre lui (puissent ces
» infidèles s'exterminer les uns les
» autres!) s'est retranché non loin de
» nos montagnes, et que les troupes
» impériales, qui marchent contre le
» rebelle, remplissent déjà les contrées
» voisines de l'Épire?

— « Je le sais.

— « Amurat, avant de livrer ba-
» taille, doit traverser l'Épire; on l'at-
» tend à Croïa.

— « C'est là ce qui m'amène.

— « Vous me faites frémir.

— « Ne craignez rien pour moi,

» Alexis, et veuillez éclaircir mes doutes.
» Est-il vrai que la fille du sultan,
» Zelma l'accompagne dans ces contrées;
» qu'elle doive, jusqu'à la fin de la
» guerre, habiter à Croïa l'ancien palais
» des princes ?

— « Tout est prêt pour la recevoir.
» On dit que, dans l'espoir de réconci-
» lier son père et son oncle, elle a
» imploré cette faveur par les plus vives
» instances, et qu'Amurat n'a pu résister
» à ses larmes et à ses prières. »

Démétrius troublé s'enfonce dans une sombre rêverie : ces mots s'échappent de sa bouche :

« Ce que je craignais n'est donc que
» trop certain. Ah! ce n'est ni son
» oncle qu'elle cherche, ni son père
» qu'elle suit. »

La conduite de Démétrius, ses projets, ses paroles, son silence, tout est également obscur pour Alexis. Après quelques momens d'hésitation, ce triste descendant des Comnènes parut recouvrer son courage et ses forces :

« Cher ami, » dit-il, « hâtons-nous » d'entrer dans Croïa, à la faveur de la » nuit qui commence, avant qu'on » ferme les portes. Là vous apprendrez » mon secret. »

Les compagnons de Démétrius promettent de l'attendre dans ce lieu solitaire. Il part avec Alexis. Après une si longue absence, il reconnaissait, avec un mélange de joie et de douleur, ces lieux qu'éclairaient doucement les rayons de l'astre des nuits. Il frémissait en voyant cette terre, jadis si riche et si belle, dépeuplée par la tyrannie; des champs en friche, des maisons en ruine, des routes infréquentées, partout l'image de la désolation et de la servitude. Lorsque Croïa parut à ses regards, et qu'il reconnut le drapeau du croissant sur les tours où flottait jadis l'étendard rouge des Castriots orné de deux aigles noires, ses yeux se remplirent de larmes.

A peine est-il arrivé à Croïa, que, dans son ardeur impatiente, il veut revoir sur-le-champ l'ancien palais des princes, où il s'introduit avec Alexis par des détours connus de lui seul. Là, de quels sentimens n'est-il point agité! Après vingt ans d'exil et de malheurs, ses yeux affaiblis revoient le séjour de ses aïeux, consacré par les souvenirs les plus doux et les plus terribles. Tantôt il s'arrête, et demeure immobile; tantôt il pousse des gémissemens douloureux. Ici il retrouve les traces des meurtres commis par les Ottomans, et baise sur le marbre les traces mal effacées du sang le plus précieux : là il prête une oreille inquiète, et croit démêler les cris étouffés d'une ombre plaintive. Il lui semble que les portes fermées des appartemens vont s'ouvrir et lui laisser voir les êtres chéris, qui jadis embellissaient cette royale demeure. La nuit entière se serait écoulée dans cette alternative de joie et d'horreur, si Alexis ne l'eût enfin arraché à ce lieu fatal et à ces émotions dangereuses pour sa vieillesse.

De retour dans la maison d'Alexis, Démétrius ne voulut prendre aucun repos; et impatient d'exécuter sa difficile entreprise, il s'expliqua sur-le-champ avec lui :

« Ami, » lui dit-il, « avant que mes » secrets vous soient dévoilés, ne vous » étonnez pas des questions que je vais » vous faire. Le nom de Skander est-il » connu en Épire?

— « Skander; ce jeune homme » qu'Amurat regarde comme l'égal de » ses enfans et le premier de ses visirs; » Skander, le vainqueur des Molda- » ves, le conquérant de la malheureuse » Bosnie? Son nom est dans toutes les » bouches. On admire et on maudit » ses exploits, si funestes au nom chré- » tien.

— « Le peuple l'enveloppe-t-il dans » les justes sentimens de haine que nos » ennemis lui inspirent? Dites-moi tout » ce que vous savez; ne négligez rien ».

Empressé d'arriver à un sujet plus important, brûlant d'apprendre enfin le sort et les projets de Démétrius, Alexis se hâte de satisfaire une curiosité qu'il ne comprend pas :

« Seul entre tous les généraux d'Amu-
» rat, le jeune Skander est aimé des
» chrétiens. Il respecte notre culte, nos
» usages. Il aime à parler notre langue,
» à approfondir notre histoire, à étudier
» nos monumens. Souvent il a bravé
» pour nous le courroux d'Amurat, et a
» su calmer en notre faveur cette rage
» que tous les autres musulmans cher-
» chent à aigrir encore. Témoins de la
» force de ce jeune guerrier, qui, d'un
» coup de cimeterre, abat la tête des
» taureaux furieux; témoins de son cou-
» rage et de ses exploits, que le sultan
» a récompensés par le glorieux surnom
» d'Alexandre (1), les musulmans

(1) C'est le sultan Amurat qui a donné à ce jeune prince le nom de Skander-Beg, c'est-à-dire, le seigneur Alexandre, à cause

» l'admirent : témoins de sa générosité,
» de sa douceur, les chrétiens le ché-
» rissent. »

Les yeux fixés sur Alexis, Démétrius écoutait avidement ces paroles : l'expression d'un plaisir extraordinaire brillait dans ses regards et animait ses traits. Il poursuit ses questions :

« Que sait-on de sa naissance, de son
» origine ?

— « On l'ignore. Reçu dès ses plus
» tendres années dans le palais d'Amurat,
» élevé avec ses enfans, accoutumé à
» lui donner le nom de père, il ne connaît
» d'autre patrie que le sérail. Le sultan,
» sombre et réservé avec ses fils, paraît
» ressentir pour cet étranger les faiblesses
» de l'amour paternel. Témoins de toutes
» ses bontés, la cour, l'armée, le peuple,
» croient que la nature seule peut ins-

---

des rapports qu'il lui trouvait avec Alexandre de Macédoine, dont les orientaux connaissent confusément l'histoire.

» pirer tant d'amour, que sans doute les
» plus étroites chaînes unissaient Amurat
» au mortel inconnu qui donna le jour
» à Skander, et que le sang impérial
» coule dans ses veines. Tel est le bruit
» public : mais le sultan garde un
» profond silence sur l'origine de son
» favori, et cherche à épaissir de plus
» en plus les ténèbres qui couvrent son
» berceau.

— « Ne dit-on rien de plus? Ne
» forme-t-on pas d'autres conjectures?
» Aucun bruit n'est à mépriser.

— « Je vous ai tout dit; voilà du
» moins tout ce qu'on sait sur nos
» montagnes. Mais d'où vient qu'un
» étranger, qu'un infidèle vous inspire
» tant d'intérêt?

— « Ah! cher Alexis, si mes pres-
» sentimens ne m'abusent pas, si la
» lumière qui brille à mes yeux n'est pas
» mensongère, cet étranger n'en est
» pas un pour nous.

— « Grand dieu ! que voulez-vous » dire ?

— « Vous allez tout savoir. »

Alors Démétrius commença ce récit, qu'Alexis écouta avec une attention profonde, mais non avec calme ; car, plus d'une fois, ses mouvemens impétueux et les cris involontaires qui lui échappaient, trahirent la violence de ses émotions.

Récit de Démétrius.

Rappelez-vous ce jour funeste, où, triomphant de la valeur par le nombre, Amurat renversa notre trop faible puissance. Déjà il avait écrasé notre armée, et s'était emparé, par trahison, de cette forte cité. Déjà mon malheureux gendre, le dernier et le plus brave de vos princes, Ivan, après avoir défendu les portes, les cours, les salles de son palais, venait de tomber au pied même de son trône, frappé au cœur par l'épée d'Amurat. Déjà ma fille, ma chère Hélène (ô cruel souvenir! ô blessure qui saignera toujours!) et toute cette royale famille immolée par l'ordre d'un vainqueur barbare, mêlaient ensemble les flots de leur sang; et moi, vous vous en souvenez, après avoir mille fois maudit l'impuissance de nos armes, tout couvert de blessures, j'étais étendu parmi les morts. Mes yeux nageaient dans d'épaisses ténèbres : mon âme oppressée, impatiente d'abandonner ce séjour d'horreur, s'irritait contre les faibles liens qui l'y retenaient encore.

Cette cruelle agonie dura long-temps. Enfin j'ouvris les yeux, et mes esprits se ranimèrent. Il était nuit. Dans cette salle immense, pavée de cadavres, et tristement éclairée par les rayons de la lune, je vois entrer un homme tout brillant de pierreries et tout souillé de sang; c'était Amurat, encore haletant de ses efforts, et échauffé du feu des combats. Il dit, en considérant les corps dont la salle était jonchée :

« Ils étaient braves, ces chrétiens...
» Oui, cette famille d'Ivan était une
» race de lions. »

Un cri plaintif frappe son oreille : il approche, et voit se débattre dans un berceau sanglant un enfant, que la rage trop prompte des meurtriers avait effleuré au hasard d'une blessure incertaine. Je vis le tyran s'incliner vers l'innocente victime :

« C'est un des fils du chrétien, » dit-il. « La destinée n'a pas voulu qu'il
» pérît. »

Il le considéra quelques momens ; ensuite :

« Cet enfant est plein de grâce, et
» n'aura pas en vain tendu vers moi ses
» mains innocentes. C'est le sang des
» braves qui coule dans ses veines.
» Mahomet ! je t'offre cette conquête.
» Le fils de ton ennemi étendra un jour
» ton empire. »

Il frappe des mains ; un esclave paraît : « Prends cet enfant : porte-le mystérieusement dans le sérail. Qu'on » ignore et son origine et sa patrie, et » le danger qu'il a couru, et l'heureux » hasard qui le sauve. Ta tête me » répond du secret. »

Voilà ce que j'entendis, cher Alexis, dans cette nuit fatale ; et bientôt, épuisé par cet effort d'attention, je retombai dans une léthargie profonde. Lorsque, la nuit suivante, vous m'eûtes sauvé par votre dévouement, et que vos soins m'eurent rendu à la vie ; la fièvre qui me dévora long-temps, me fit douter dans mes courts intervalles de raison, si ce souvenir n'était pas un de ses rêves. Malgré le danger de mon état, il fallut me transporter à Venise, où vous ne pûtes me suivre. Là ce souvenir revint s'offrir à ma pensée, non plus, comme auparavant, enveloppé de nuages, mais aussi clair, aussi distinct que les autres événemens de cette journée à jamais mémorable. Je n'en puis donc douter, ô Alexis! mon petit-fils, votre prince, a été sauvé.

Cher ami! j'ai depuis traîné en cent climats ma vie malheureuse, en butte à toutes les rigueurs de la fortune, et à la dédaigneuse indifférence des hommes, sans appui, sans consolation : mais souvent cette douce idée « mon petit-fils vit encore, » a ranimé mes forces épuisées et arrêté ma main prête à finir mes douleurs. Je gémissais néanmoins, en songeant que, plongé par moi-même dans les eaux du salut, l'enfant de mon Hélène apprenait à maudire son Dieu et le mien; qu'abusé par une erreur impie, il prodiguait à son ennemi cette tendresse filiale, qui n'était due qu'à moi; et que tous les jours, ô comble d'horreur! il baisait la main qui a tué son père. Car je n'en puis douter, cher Alexis; j'ai rapproché les temps, les circonstances; j'ai recueilli, j'ai combiné des détails ignorés d'Amurat lui-même : cet enfant sauvé du massacre de sa famille, cet héritier des Castriots et des Comnènes, mon fils, votre prince, c'est Skander.

Oui, Skander.... Admirez comme, à son insu, la voix de la nature lui parle ! Élevé dans une cour qui abhorre et méprise les Grecs, il les aime, et se plaît à honorer en eux les grands hommes dont ils descendent. Il entoure de ses respects les ministres de notre culte. Souvent on l'a vu, s'arrêtant sur le seuil de nos temples, considérer la croix sainte avec un respect profond et avec des yeux humides de pleurs; comme si cette vue ranimait en lui les souvenirs confus de ses premières années; comme s'il voulait interroger sur son sort mystérieux le Dieu, dont son enfance a entrevu la lumière.

Ah! si ses yeux doivent rester fermés au jour de la foi, il eût mieux valu pour lui ne pas exciter la pitié fatale de son ennemi, et paraître devant l'Éternel, avec les âmes innocentes de ses frères;

couronné, comme eux, des roses sanglantes du martyre.

O Alexis! sa gloire me charme et m'effraie : ses exploits font mon orgueil et mon désespoir. O Dieu ! exauceras-tu ma prière ? Prendras-tu pitié d'un vieillard, qui a tant souffert pour toi ? Jetteras-tu un regard de miséricorde sur ce jeune infortuné, qui, né pour t'adorer et te servir, te combat et t'outrage; qui, égaré dans d'épaisses ténèbres, ne se doute pas que ses actions, ses sentimens, ses voeux mêmes sont des crimes ? Ah! je suis trop heureux, si je puis l'arracher à ton ennemi, te le rendre, et mourir!

Oui, Alexis, tel est mon dessein. Je veux le voir, lui parler, faire briller la lumière à ses yeux. Je veux qu'il foule aux pieds les dons perfides d'un tyran, qu'il abandonne une prospérité coupable pour une noble infortune. Venise m'offre un asile honorable; il le partagera.

Dans ce grand combat que je vais livrer, si l'empire d'une fatale habitude, l'ambition, le fanatisme, l'orgueil, et surtout l'amour (car la fille du sultan lui inspire une passion qu'elle partage), me disputent cette âme ardente ; j'aurai pour moi la protection du Ciel, ma tendresse, mes larmes, l'intérêt que d'illustres malheurs font naître dans un cœur noble, et le cri de ce sang généreux que lui ont transmis les Castriots et les Comnènes.

C'est dans Croïa, c'est sur le tombeau même de son père, que je veux l'attendre ; c'est là qu'il décidera de son sort et du mien.

Si mon espérance est déçue, cher ami ! cette âme, épuisée par le malheur et par la vieillesse, aura reçu le dernier coup, je le sens. Mais dans cette triste enceinte, toute ma famille repose du dernier sommeil. N'est-ce pas là le tombeau que j'ai dû choisir ?

Le récit de Démétrius a ranimé Alexis, qui, depuis vingt ans, était mort au bonheur. Guerrier, ami, citoyen, d'autant plus attaché à ses princes et à son pays, qu'ils sont malheureux, il éprouve la même joie qu'une mère qui revoit vivant un fils dont elle a pleuré le trépas... Il existe donc un prince du sang de ses souverains ! et ce prince est un héros !...

Mais n'est-il pas aussi musulman ! quand un monarque puissant l'appelle son fils, voudra-t-il reconnaître un infortuné pour son père ? Quittera-t-il tant de splendeur, tant d'espérances, pour s'attacher à la destinée errante d'un proscrit ?

Ces réflexions, qui suivent les premiers transports d'Alexis, mêlent à sa joie l'inquiétude et la crainte. Ménageant la tendresse d'un père, il dissimule des doutes trop fondés, flatte l'espoir de Démétrius, lui promet de veiller à leurs intérêts communs, d'armer en secret quelques amis, d'assurer, s'il le faut, par la force et par l'audace, sa fuite et celle de son petit-fils.

Démétrius s'empresse de partir. Le costume d'un pélerin, qui va visiter à la Mecque le tombeau du prophète, lui assure le respect des Mahométans. Leur langue, leur religion, leurs mœurs lui sont familières. Il s'achemine vers Andrinople, siége de cette puissance, qui n'avait pas encore établi ses bivouacs somptueux dans la cité de Constantin.

Sur la route, il rencontra de nombreux détachemens d'Osmanlis, qui allaient grossir l'armée d'Albanie. En arrivant à Andrinople, il apprit que Skander allait partir incessamment; que le sultan ne tarderait pas à le suivre; qu'en ce moment, une chasse nombreuse, non loin de la ville, réunissait tous les jeunes gens de la cour.

Démétrius se hâte. Le désir de voir son petit-fils, désir qu'irrite encore la crainte confuse d'une erreur, ne lui permet ni de sentir la fatigue qui l'accable, ni d'attendre le retour des chasseurs. Il suit leurs traces, et s'enfonce dans les bois, qui couvrent les hauteurs et les vallons.

Oh! s'il peut reconnaître et nommer Skander; si parmi tant de jeunes guerriers, il démêle des traits chéris; lui restera-t-il encore quelque doute?

Des cavaliers passent rapidement à ses côtés. La magnifique parure de leurs coursiers arabes, leurs armes damasquinées en or, leurs turbans tout brillans de pierreries, annoncent le plus haut rang. Mais à cet air de pitié hautaine, avec lequel ils lui jettent une faible aumône, à ces ris mocqueurs qui insultent à son âge et à sa misère, Démétrius tremble de trouver parmi eux ce qu'il a tant cherché. Il lève les yeux et les baisse aussitôt :

« Non, » dit-il, « non, aucun d'eux » n'est le fils de mon Hélène. »

Il s'enfonce davantage dans les bois. Tout-à-coup il entend des cris.

A quelques pas de lui, dans un vallon, il voit des bergers grecs effrayés, fuyant devant un Osmanli, qui les poursuit, le sabre à la main. Ils s'arrêtent, et, tombant à ses genoux, implorent sa pitié.

« Non », disait le Turc d'une voix farouche, « vous périrez, misérables! « Quoi! vous osez, au milieu de nos » jeux, nous présenter votre aspect » impur! Vous aviez ordre de vous » éloigner de la chasse, à plus d'une » lieue. Infidèles! pourquoi vous rouler » à mes genoux? Embrassez la loi de » Mahomet, et je vous accorderai la » vie ».

Démétrius frémissait d'horreur; mais voilà que du milieu des bois se précipite vers ce groupe, avec la rapidité de l'éclair, un cavalier dont les habits et les armes étincellent d'or et de diamans. A sa vue, le farouche Osmanli fait signe aux Grecs de s'éloigner, et rugit comme le tigre, à qui l'on arrache sa proie. Démétrius ne peut voir le visage du cavalier; mais il entend distinctement sa voix, qui lui paraît pleine de douceur et de charme.

« Osmin », s'écria l'inconnu, « qu'al-
» liez-vous faire ? Ces hommes que vous
» menaciez de la mort, pour s'être ren-
» contrés par hasard au milieu de notre
» chasse, ne sont-ils pas, comme nous,
» des sujets d'Amurat, nos concitoyens,
» nos frères ?

— « Non, seigneur, » répond l'officier, discernant mal le sens de ces paroles, « ce ne sont que des Grecs.

— « Des Grecs ! Et leur infortune
» vous donne-t-elle sur eux des droits
» si cruels ? Croyez-vous que, sous
» une domination étrangère, ils n'aient
» plus, ni un cœur pour sentir l'ou-
» trage, ni un bras pour le punir ?

— « Eh ! seigneur, oubliez-vous com-
» bien cette race est avilie ?

— « Osmin, les Grecs sont malheu-
» reux et vaincus : mais la gloire de
» leurs aïeux illustre leur défaite et
» ennoblit leur misère. Sur ces monts,
» dans ces vallées, sur ces rochers,
» partout vivent encore des noms, dont

» l'éclat remplit l'univers. Honorons
» ces héros, nous qui aspirons à la
» même gloire : respectons leurs enfans,
» pour que les héros à venir respectent
» un jour les nôtres. »

Ces paroles ne peuvent laisser de doute à Démétrius. Ce jeune homme est Skander. Mais Skander est-il son fils? Il va l'apprendre. Dans ce moment si attendu, si souhaité, qui doit décider de sa destinée ; le trouble extrême qui l'agite, couvre ses yeux d'un nuage, et fait battre son cœur avec violence. Skander se tourne. Démétrius voit son visage; et s'évanouit.

C'était lui : c'étaient les traits d'Hélène, ses beaux yeux bleus, ses cheveux blonds, avec le fier regard et l'air martial du dernier prince d'Epire. A cette vue, tant de souvenirs chers et terribles s'étaient réveillés dans l'âme de Démétrius, que ses forces épuisées par la vieillesse et par le malheur, n'avaient pu le soutenir davantage : il était tombé sur le gazon, en poussant un profond soupir.

Skander a entendu ce cri. Il s'élance à bas de son cheval, et vole au secours du pélerin. Le farouche Osmin, pour lui plaire, seconde cette action pieuse. Démétrius rouvre les yeux à la lumière, et ne pouvant parler encore, il serre les mains généreuses qui l'ont rappelé à la vie, attache sur le jeune homme les regards les plus tendres, et pousse des cris étouffés.

« Mon père, » disait Skander, du ton le plus doux, « reprenez vos sens. Eh quoi ! » si avancé en âge, si faible, vous avez » fait vœu de traverser tant de contrées, » tant de sables brûlans, pour aller visiter le tombeau du prophète ! Relevez-vous ; appuyez-vous sur moi : ne craignez pas de me fatiguer. Je veux être » votre guide et votre appui jusqu'à » Andrinople. Pourquoi répandez-vous » des larmes ? ô vieillard ! Skander n'est » pas sans puissance : que désirez-vous ? » parlez. »

Oh combien Démétrius brûlait de le serrer dans ses bras et de l'appeler son fils ! Mais de tous côtés des chasseurs accourent vers Skander : il faut saisir à la hâte l'instant favorable ; Osmin vient de se détourner. Encore appuyé sur le bras du jeune homme, Démétrius murmure ces mots à son oreille étonnée :

« Vous ignorez qui vous êtes : seul je » puis vous l'apprendre. A Croïa, dans » une cour intérieure du palais, près » du tombeau du prince Ivan, vous me » retrouverez. Adieu ; gardez-moi un » secret inviolable, ou je suis perdu. »

Il dit, se relève et s'enfonce dans le bois, laissant le jeune homme immobile de surprise, et dévoré d'impatience. Skander se dérobe à la joie importune de ses compagnons, et ne souffrant auprès de lui qu'une escorte peu nombreuse, s'abandonnant à une rêverie profonde, il retourne en silence vers la ville.

Quel espoir vient de luire à ses yeux ! Comme le voyageur, consumé par la soif dans les déserts, est transporté de joie, au lointain murmure d'une fontaine, qui lui annonce la fin de ses tourmens; ainsi son esprit, fatigué par tant d'inutiles désirs, par tant de recherches vaines, est ranimé par l'espoir de voir enfin briller la lumière.

Dès ses plus jeunes ans, l'incertitude de son sort était pour lui un tourment cruel, qu'il cachait soigneusement à tous les yeux. Seule, Zelma connaissait ses peines, que seule aussi elle pouvait calmer. Cet isolement de son enfance, cette privation des plus douces caresses, ce sort étrange et mystérieux, étaient pour lui un lent et continuel supplice. Il enviait le destin des plus obscurs mortels, qui, du moins, goûtent dans leur misère les douces affections de la nature. Que lui importait la splendeur dont on entourait sa jeunesse? Il avait une cour, et n'avait pas de parens. Les noms si tendres de père et de fils blessaient son oreille; et il ne pouvait voir, sans un frémissement douloureux, un enfant embrasser sa mère.

Le progrès des années n'avait fait qu'exalter cette mélancolie rêveuse. N'avoir point de père, point de mère, lui qui les aurait tant aimés ! Qu'étaient-ils donc devenus ? Quelle fatalité leur ravissait ses soins et sa tendresse ? Privé des jouissances sacrées de la piété filiale, il s'en retraçait sans cesse les devoirs, qu'il gémissait de ne pouvoir remplir. Souvent il s'indignait contre lui-même ; il se reprochait d'oser vivre au sein de la splendeur et des délices, quand la destinée de ses parens était inconnue et peut-être malheureuse.

Quelquefois sa mélancolie devenait si noire et si profonde, que la vie lui était amère. Il allait, seul, alors, s'égarer loin de tous les yeux, sur les rochers, dans les bois, sur le rivage de la mer, cherchant les lieux les plus sauvages. Il pensait à ces parens inconnus : il pleurait, et il n'était pas soulagé ; car il songeait que ces larmes perdues auraient dû arroser leur front ou couler sur leurs cendres.

Agitée par des peines d'autant plus cruelles qu'elles étaient secrètes, cette âme ardente devait à l'amour les consolations les plus tendres. Élevé dans le sérail avec Zelma, fille du sultan, Skander avait réuni sur elle seule toutes les affections, qu'il ne pouvait, comme d'autres, disperser sur une famille nombreuse. Les doux noms de sœur et de frère, qu'ils s'étaient donnés dès le berceau, avaient insensiblement fait place à des noms encore plus doux. La mère de Zelma voyait avec plaisir croître sous ses yeux cette flamme, dont les marques innocentes avaient plus d'une fois charmé le sultan lui-même et fait naître le sourire sur ses traits farouches. Admirant les vertus naissantes du jeune homme, instruite en secret de sa naissance royale, elle hâtait de ses vœux le moment où l'hymen ferait le bonheur de sa fille.

L'amour, dans ces âmes pures, n'avait pas ces vives amertumes, ces alternatives cruelles de langueur et d'emportement, ces inquiétudes, ces caprices, ces fureurs jalouses, qui en corrompent si souvent les charmes. Sa flamme épurée brûlait doucement leurs cœurs sans les tourmenter. Si l'absence avait quelquefois mêlé des tourmens et des pleurs à des transports si doux; de quel bonheur n'était-elle pas suivie, lorsque Skander reparaissait, embelli aux yeux de Zelma par une gloire nouvelle!

Ainsi, élevée par la mère la plus tendre, chérie de son père et de ses frères, adorée d'un jeune héros, entourée de toutes les délices et de toutes les merveilles de l'Orient, Zelma ne voyait luire que des jours sereins. Sa vie était tout bonheur et tout amour. Ah! quand l'horizon va s'obscurcir, quand le tonnerre va gronder, comment cette fleur si tendre, à qui la terre, l'air et le ciel n'ont prodigué que des faveurs, soutiendra-t-elle les coups de l'orage?

Zelma n'aimait que Skander, mais Skander aimait aussi la gloire. Il éprouvait cette soif inquiète d'émotions généreuses qui décèle un grand avenir. Les rêves de son imagination lui offraient, comme la félicité suprême, non les plaisirs et les grandeurs, mais d'illustres dangers ou un dévouement héroïque. Que de fois, lisant les annales de la Grèce, il y reconnut les étincelles du feu qui le dévorait! Quel aliment pour son enthousiasme! Transporté par les récits de l'historien de Chéronée, tantôt il pleure la mort d'Epaminondas; il voudrait soutenir dans ses bras le héros expirant, et arrêter le sang qui coule sur le bouclier qu'il embrasse: tantôt il envie les fers de Miltiade et le poison de Démosthène. Son oreille écoute avec respect les paroles de Phocion mourant; et son âme, errante dans les Thermopyles, y adore les traces de Léonidas.

Tel était le jeune homme qu'attendait une si grande épreuve. Les paroles que l'inconnu a murmurées à son oreille ſont errer son esprit inquiet de doute en doute, de transport en transport, de rêve en rêve. Il brûle d'arriver à Andrinople, d'épancher dans le sein de Zelma son secret et son espérance, de s'abandonner librement à une joie qui n'est pas exempte de terreur. Déjà il est de retour au palais; il veut voler vers la princesse : mais un ordre du sultan lui est transmis et l'arrête. Amurat veut à l'instant même le voir et lui parler.

Skander traverse les appartemens du sérail, où des eaux parfumées jaillissant dans des bassins de jaspe, entretiennent, pendant les ardeurs de l'été, une fraîcheur éternelle; il franchit ces salons, où un clair de lune factice verse ses doux reflets sur les orangers en fleur, et où le rossignol abusé raconte à l'homme les plaintes qu'il croit confier à l'astre des nuits et à l'écho des bocages. Il arrive dans la salle d'attente. Les muets soulèvent une portière de soie et d'or; il entre, et se trouve en présence de l'empereur.

Skander ne paraissait jamais devant le sultan, sans un embarras mêlé de remords. Il révère en lui un souverain, un père, un héros ; mais il éprouve pour son bienfaiteur un éloignement qu'il ne saurait vaincre. Lorsque, dans un âge plus tendre, il recevait ses caresses, et que le redoutable conquérant l'appelait dans ses bras, l'enfant se sentait pénétré d'une horreur secrète ; et effrayé malgré lui de ces preuves d'amour, il se serait cru coupable, s'il avait osé en jouir. Maintenant que la raison l'éclaire, et qu'Amurat a redoublé ses bienfaits, il voudrait le chérir ; et son cœur indocile ne peut que l'admirer.

Cependant, quoique l'expression farouche de ses traits et le feu sombre de ses regards décelassent la fougue des passions et la violence du despotisme, Amurat était généreux et même tendre. Il déplorait en secret le sort des sultans, qui, exilés sur le trône, loin des affections de la nature, ignorent le bonheur d'aimer et d'être aimés. Condamné par sa couronne à ce tourment, que la gloire même n'adoucissait pas, le sultan n'osait montrer à ses fils le visage et les sentimens d'un père : il se rappelait sans cesse que le trône de ses aïeux avait été plus d'une fois ébranlé par les révoltes de leurs enfans. Son affection s'était portée sur Skander : Skander était pour lui comme un fils. Mais il pouvait aimer ce fils sans péril, jouir sans effroi de ses progrès et de son courage, et voir, sans pâlir, dans leurs entretiens, une épée à son côté et un poignard à sa ceinture.

La froideur du jeune homme, loin de lui déplaire, se confondait à ses yeux avec les témoignages de son respect. Il se plaisait à voir ce jeune lion, si redoutable dans les combats, timide en sa présence et obéissant à ses moindres signes. Il avait soigneusemeut effacé toutes les traces de son origine; non qu'il le crût capable de l'abandonner ou de le haïr; mais il ne voulait pas se montrer à ses yeux couvert du sang de son père.

Il reçut Skander avec plus d'amitié que jamais, lui donna ses ordres pour la conduite de son corps d'armée, et lui commanda de partir dès le lendemain, en lui annonçant qu'il allait bientôt le suivre.

« Si ta Hautesse avait voulu m'en » croire, » dit le jeune homme, « tu » aurais, comme Allah (1), écrasé ton » ennemi de ta foudre, sans quitter ton » séjour céleste (2); je l'aurais traîné à » tes pieds chargé de fers.

— « Jeune homme, » répond le » sultan, « le rebelle est mon frère. Si » jamais il a fallu que l'armée eût à sa » tête un prince du sang des empereurs, » c'est aujourd'hui. Je ne puis confier

---

(1) Tout le monde sait qu'Allah est le nom de Dieu chez les orientaux.

(2) Les Turcs donnent au palais des sultans les titres de porte du ciel, de demeure céleste, etc.

» le commandement à mes fils. Il faut
» donc que je m'abaisse moi-même à la
» triste gloire de réduire un rebelle. Mais
» cette leçon ne sera pas perdue pour
» l'empire. A l'avenir, les princes du
» sang ottoman enseveliront dans les
» murs du sérail leur dangereuse exis-
» tence..... ou même..... ne serait-
» il pas inhumain de leur laisser une
» vie si triste? »

En achevant ces mots, le sultan s'enfonça, pendant quelque momens, dans des réflexions sinistres. Bientôt la sérénité reparut sur ses traits; il regarda Skander avec douceur, et lui dit:

« Je n'ai point oublié les projets de
» la sultane, les sentimens de Zelma,
» les tiens. L'obscurité qui doit à ja-
» mais couvrir ta naissance, afflige-t-elle
» Zelma? est-elle un obstacle au succès
» de tes vœux?

— « Non, ce mystère n'a rien qui nous
» humilie. Que ce soit le sang des rois ou
» des bergers qui coule dans mes veines,
» qu'importe puisque tu m'appelles ton

» fils? Ah! si j'en crois l'ardeur qui m'a-
» nime pour la gloire, et cette soif de dan-
» gers et de combats qui me dévore,
» l'éclat du nom que je ne devrai qu'à
» moi fera pâlir l'éclat du plus antique
» diadême. Un trône pour berceau,
» vingt rois pour aïeux, m'ennobliraient
» moins aux yeux de Zelma, que ton
» estime et la victoire.

— « Tes sentimens me charment. Si
» je te l'accorde, de quelle couronne
» orneras-tu son front?

— « Parle. Où faut-il marcher?
» L'Orient ne voit sur ses trônes que
» des princes amollis. Je ne serai pas
» le premier soldat, à qui la fortune,
» dans un faisceau de lauriers, aura fait
» trouver un diadême.

— « Que vos vœux soient comblés!
» Je te la donne. Après la défaite du
» rebelle, dans les lieux mêmes où tu
» te seras couvert d'une nouvelle gloire,
» tu monteras, en recevant la main de
» ma fille, sur les marches de ce trône

» que tu auras affermi. Va lui annoncer
» ton bonheur : il lui sera doux de
» l'apprendre de ta bouche. »

Oppressé par la surprise et par la félicité même, Skander cherche en vain des paroles, et ne trouve d'autre interprète de ses sentimens que l'excès de son trouble. Il s'incline profondément, en plaçant la main sur son cœur, et se précipite hors de la salle.

Entourée d'un essaim de beautés, qu'on eût admirées loin d'elle, mais dont tout l'éclat s'effaçait en sa présence, Zelma respirait, dans les jardins du sérail, la fraîcheur du soir. Pensive, elle rêve en silence. Pourquoi paraît-elle insensible aux merveilles dont la nature et l'art ont embelli ce séjour des fées ? D'où vient que ses yeux distraits ne contemplent avec plaisir ni la voûte étincelante des cieux, ni le lac qui en réfléchit dans ses eaux l'image tremblante, ni les bosquets qu'éclaire doucement un mélange douteux de lumière et d'ombres? La brise parfumée, qui agite le feuillage, le chant du rossignol, le murmure du fleuve lointain, ont-ils cessé de lui plaire?...

Enfin, après une heure d'attente, elle revoit Skander. Ah! la nature a repris tous ses attraits pour elle; et ce ciel, ces eaux, ces ombrages, qui s'embellissent de sa joie, ajoutent aussi un nouveau charme à son bonheur.

Que leur entretien fut doux! Quels épanchemens! Quel délire! Ah! si l'amour est fécond en célestes jouissances, lors même que les incertitudes de la crainte ou les déchiremens du remords en corrompent toute la douceur; quels doivent être ses transports, lorsque ni le présent ni l'avenir ne l'attristent; lorsque tout lui sourit, et que la nature, la religion et le devoir s'unissent pour consacrer sa flamme et pour la couronner! Zelma, Skander, goûtent avec ivresse une félicité si pure. Leur imagination les entoure des plus beaux rêves. Tendres amans! pourquoi faut-il que cet avenir, qui s'offre à vous sous des couleurs si riantes, se couvre déjà de sombres nuages ? Hâtez-vous de jouir ! Qui sait si cette heure de félicité ne sera pas la dernière ?

Au milieu des expressions enflammées de l'amour et de la reconnaissance, Skander oublia le pélerin et sa promesse; il oublia l'Univers. Mais lorqu'après les adieux les plus tendres, il eut quitté Zelma, l'image du vieillard s'offrit à sa pensée, et lui causa un plaisir mêlé d'une crainte confuse. Si les révélations qu'il devait entendre, allaient lui imposer des devoirs contraires à son bonheur !... Cette idée l'importuna un instant ; mais elle disparut bientôt, et celles qui la remplacèrent, furent plus riantes. Son imagination lui présentait un père, une mère, heureux de le revoir et de satisfaire, en l'embrassant, une tendresse, qui, comme la sienne, s'était long-temps consumée en vain ; il les entourait de sa splendeur, il les couronnait de ses lauriers, et s'inclinait devant eux avec Zelma, tandis que leur voix appelait sur l'hymen de leurs enfans les bénédictions du Ciel.

Le lendemain, dès l'aurore, Skander, à la tête de son corps d'armée, se dirigea vers l'Albanie. Il établit ses troupes dans les campemens désignés par l'empereur, sous la conduite de chefs habiles et fidèles, et prit sur-le-champ la route de Croïa. Le sultan et sa fille, qui étaient partis plus tard, mais qui avaient suivi un chemin plus court, devaient y arriver quelques heures après lui.

Il entre dans Croïa. Il vole au palais, il parcourt seul et sans témoins cette enceinte désolée, avec un attendrissement dont il s'étonne. Ce palais fut le théâtre des exploits d'Amurat; c'est là que le dernier des princes d'Epire tomba le glaive en main sur les débris de son trône. Mais ce souvenir héroïque, ce grand nom d'Amurat, ces exploits dont la trace est partout empreinte ; est-ce bien là ce qui le frappe ? Il éprouve plus que cet intérêt qu'excitent un noble souvenir ou des ruines illustres. Ces murs à demi écroulés, ces tours revêtues de mousse, ces longues galeries désertes, ces salles vides et désolées, ces jardins envahis par la ronce et par la bruyère, lui semblent parés d'un charme triste et doux. A chaque pas il ressent un plaisir vague et confus, mêlé d'une inquiétude qu'il ne peut comprendre ; il se demande à lui-même si son enfance n'a pas été élevée dans des lieux semblables, et si ses émotions ne sont pas des souvenirs.

Il arrive dans une cour reculée où l'herbe épaisse et touffue recouvre une pierre sépulchrale. Il écarte l'herbe avec son épée ; sur la pierre sont gravés ces mots :

« Ivan, dernier prince d'Épire. »

Le jeune homme tressaille. Dès long-temps la gloire et les malheurs d'Ivan occupaient sa pensée, soit parce que les grandes âmes s'intéressent toujours à celles qui leur ressemblent, soit parce que la voix de la nature, vainement étouffée, lui faisait entendre son murmure confus.

Il considère quelque temps la tombe; puis il s'élance dans les jardins, il y cueille des lauriers et des fleurs, et revient déposer cette offrande sur la pierre, en s'écriant :

« O Ivan ! ta vie a été celle d'un
» bon prince, ta mort celle d'un héros.
» Puissé-je vivre et mourir comme toi ! »

Il dit, et croisant les bras, fixant les yeux sur la pierre, il demeure enseveli dans une rêverie profonde.

Sous les sombres arcades dont la cour est entourée, un homme, appuyé contre un des pilastres, l'observait sans en être vu. C'était Démétrius. Il luttait avec lui-même et domptait avec peine la violence de ses désirs. S'élancer dans ses bras, le serrer sur son sein, l'inonder de ses larmes, eût été pour lui le bonheur. Mais cette épreuve était si grande!... L'issue en était si douteuse!.. Ce jeune homme, que la splendeur et la félicité environnent, acceptera-t-il les parens malheureux que ce jour va lui révéler ? Démétrius ira-t-il exposer aux mépris d'un ingrat et sa vieillesse et leur souvenir ?

Enfin il se rend maître de lui-même ; il affecte un air calme, et s'avance lentement vers le jeune homme. En vain, pendant leur entretien, la nature impatiente, agitée, fit souvent effort pour s'épancher : la raison sut toujours en maîtriser les transports.

« C'est vous, respectable vieillard ! » dit Skander. « Quelles révélations » puis-je attendre de vous? Dissipe- » ront-elles ces ténèbres qui m'en- » tourent ? Me délivreront-elles du » tourment qui me dévore ? »

Démétrius ne se lassait pas de contempler cette vivante image de son Hélène. L'expression de ses yeux humides de larmes touchait vivement Skander, et faisait naître en lui un pressentiment confus. Le vieillard répond ainsi :

« Je sais tout; je puis tout vous
» apprendre; votre nom, votre nais-
» sance, le sort de vos parens.

— « Qui suis-je ? Où sont-ils ! Ah !
» parlez. Ma reconnaissance n'aura
» d'autres bornes que celles de mon
» pouvoir.

— « Et ne craignez-vous pas, de la
» part d'un vieillard inconnu, quelque
» erreur ou quelque piège ?

— « Non ; le Ciel a mis dans vos
» traits vénérables, je ne sais quoi
» d'entraînant et d'irrésistible : déjà je
» le sens, quel que soit mon destin,
» il me sera doux de l'apprendre de
» votre bouche ! »

A ces mots, une secrète joie mêlée d'espérance s'élève dans l'âme de Démétrius. D'un air toujours calme, il poursuit :

« Voyons quels titres nous avons l'un
» et l'autre à une confiance réciproque.
» Vous reste-t-il quelque souvenir de
» vos premières années?

— « A travers des voiles confus,
» j'entrevois des souvenirs dont je ne
» puis fixer les images incertaines; un
» berceau, entouré de splendeur et
» d'hommages; des parens qui m'em-
» brassaient avec tendresse; et un
» séjour.... »

Il s'arrête, comme cherchant à rappeler des idées qui le fuient.

« Poursuivez, » dit Démétrius.

« Un séjour... Oui, un séjour, dont
» les lieux où nous sommes me retra-
» cent vaguement l'image. Je ne sais si
» ces tableaux à demi formés, ouvrage
» de l'imagination ou de la mémoire,
» sont l'histoire ou le rêve de ma pre-
» mière enfance. C'est à vous de m'é-
» clairer.

— « Deux signes que vous avez
» apportés en naissant....

— « Il est vrai. Ces deux signes...

— « Pouvais-je les oublier, moi,
» qui, à votre naissance, vous ai reçu
» dans mes bras ?

— « Vous !

— « L'un au bras gauche, l'autre sur
» la poitrine, offre l'image d'une croix,
» symbole que la Providence n'a pas
» vainement imprimé sur vous. Mais,
» à la cour du sultan, n'avez-vous rien
» vu, rien entendu, qui ait pu vous
» donner quelques lumières ?

— « Quand des mains inconnues,
» par ordre d'Amurat, me confièrent
» à la sultane, un joyau précieux avait
» été laissé par mégarde dans mon
» berceau ; la sultane me l'a laissé voir,
» en me recommandant sur ce secret
» le plus profond silence. C'était une
» boîte enrichie de diamans et conte-
» nant deux portraits. »

Frappé d'un souvenir cher et douloureux, Démétrius soupire, et s'écrie, d'une voix un peu altérée :

« Je vais vous les décrire. »

Skander immobile fixe sur le vieillard ses yeux ardens, et prête attentivement l'oreille, craignant de perdre une seule de ces paroles qui excitent sa confiance et assurent l'accomplissement de ses vœux.

« L'un de ces deux portraits repré-
» sente un guerrier d'un âge déjà mûr.
» Un bonnet esclavon ornant sa tête
» donne à ses traits héroïques une
» expression menaçante. Son épée nue,
» serrée contre sa poitrine par ses deux
» bras qui se croisent, semble se reposer
» après le combat (1). L'autre... Ah!
» comment oublier la femme céleste
» dont il offre les traits? Hélas! je crois
» voir encore ce front modeste, ces
» joues où le lys et l'incarnat se con-
» fondent, ces yeux bleus où brille un
» feu si pur et si tendre, et ces cheveux
» blonds, qu'entoure un diadême
» d'émeraudes. »

---

(1) C'est ainsi qu'on représente Skander lui-même.

A ces mots, Skander pousse un cri : « Tu sais donc tout : ma destinée, » mon avenir est dans tes mains... Tu » vois l'excès de mon trouble. Qui » suis-je ?... Où sont mes parens ? Sont-» ce là leurs images ? Rends-leur un fils » qui préférerait un de leurs embras-» semens au trône du Monde ! »

Démétrius, réprimant le transport qui l'agite :

« Jeune homme ! savez-vous ce que » vous me demandez ?.... Et si vous » vous prépariez un repentir !..

— « Un repentir ? Que voulez-vous » dire ?

— « Si par ordre de vos parens il » fallait renoncer à l'éclat qui vous » entoure, redescendre les marches du » trône, condamner votre vie entière à » l'exil, à la misère, aux dangers ?

— « Qu'ils parlent : à la promptitude » de mon obéissance, ils connaîtront » la vivacité de ma tendresse. Leur » faut-il ma vie ? je serai heureux de la » leur donner.

— « Et s'il faut plus que votre vie ?
» S'ils exigent.... »

Il s'arrête ; il hésite. Le jeune homme avec une ardeur mêlée de trouble :

« Que voulez-vous dire ? Que peu-
» vent-ils exiger de plus ?

— « S'il faut renoncer à Zelma,
» sur-le-champ et pour jamais ? »

Skander pâlit, recule, et soudain :

« O vieillard, vous abusez de l'ascen-
» dant que vos regards et vos paroles
» exercent sur moi. Quel plaisir cruel
» trouvez-vous à me faire souffrir ?
» Cessez une épreuve déjà trop longue :
» apprenez-moi enfin qui je suis.

— « Jeune homme ! vous ne me
» répondez pas.

— « Qu'ai-je à répondre ? Puis-je
» supposer que des parens, qui m'ai-
» ment sans doute, ne retrouvent leur
» fils que pour se faire un plaisir barbare
» de le rendre malheureux ?.. Écartons
» ces horribles idées qui troublent le
» plus beau moment de ma vie. Rem-
» plissez enfin vos promesses.

— « Tant que vos sentimens ne me
» seront pas connus, je n'ai rien à
» vous révéler. Si vous n'êtes pas prêt
» à faire tout ce que le devoir exigera
» de vous, il est inutile, il est dange-
» reux de satisfaire vos désirs. Vous
» ignorerez à jamais quels héros s'indi-
» gnent contre vous du fond de leur
» tombe. Par mon silence, je vous
» préserverai du mépris public, du vôtre
» peut-être. Vous vivrez sans opprobre,
» sans remords. Recevez, puisqu'il le
» faut, de vos parens inconnus, ce
» dernier bienfait. »

Ainsi parlait Démétrius d'un air sévère; le trouble, le courroux, l'inquiétude du jeune homme, éclataient par la rougeur de son front, par les cris à demi étouffés de sa voix frémissante; lorsque tout-à-coup les acclamations du peuple, le bruit des armes, le son des instrumens guerriers, se font entendre. Amurat est entré dans Croïa; il est aux portes du palais; il va paraître.

Alors Démétrius :

« Je vous quitte pour peu d'instans ; » je vous retrouverai. Méditez bien et » votre position et mes paroles. Mes révé- » lations dépendent de votre réponse. »

Il s'échappe à travers les détours du palais, et laisse Skander confondu, désespéré, maudissant l'issue d'une entrevue si désirée.

Skander n'attend pas l'arrivée du sultan ; il ne songe pas même à voir Zelma. Il fuit loin du palais, et va porter, sur les rochers dont la ville est entourée, son inquiétude et ses tourmens.

Une crainte mortelle le glace : les paroles de l'inconnu sont-elles une épreuve passagère ou une prédiction sinistre ? Renoncer à Zelma ! vivre sans elle ! trahir son amour !... Jamais cette idée, plus odieuse que les plus horribles songes, n'était venue épouvanter son esprit. Si cependant une barrière insurmontable allait s'élever entr'elle et lui !... Non, jamais.

« Quel est donc ton dessein, cruel
» inconnu ? Toi, vers qui je me sens
» entraîné par un doux et irrésisti-
» ble penchant ; toi que j'aurais tant de
» plaisir à aimer, veux-tu donc que je
» te déteste ? Ah ! laisse-moi, laisse-moi
» mon ignorance heureuse, si les té-
» nèbres, que j'ai tant maudites, sont
» moins affreuses que la lumière dont
» tu veux m'éclairer ! »

Il n'a pas plutôt formé ce vœu, qu'il s'en indigne : il s'irrite contre sa faiblesse ; il revient au sentiment de ses devoirs ; il brûle de les connaître, de les remplir.

Il se flatte qu'on a voulu seulement l'éprouver ; que s'il s'offre des obstacles, ils céderont à ses efforts. Il espère. La jeunesse et l'amour sont si féconds en espérances !

Plus calme, il rentre dans la ville. Après un court entretien avec le sultan, une entrevue plus tendre et plus passionnée que jamais avec Zelma, il va s'acquitter des devoirs militaires, visiter les remparts, les postes. Là, il apprend avec effroi qu'un Grec, cherchant à s'échapper du palais, a été saisi par les janissaires, traîné devant l'empereur, et jeté ensuite dans les cachots. Aux traits dont on le lui dépeint, il reconnaît Démétrius.

Skander vole à la prison. Les gardes, souvent comblés de ses bienfaits, n'osent lui refuser le passage, acceptent son or, et lui promettent le silence.

Il entre. Sous ces voûtes humides et ténébreuses, faiblement éclairées par une lueur vacillante, le descendant de tant d'empereurs est assis sur la froide pierre. Son visage est caché dans ses mains; il rêve profondément.

Au bruit des pas de Skander, il tressaille. L'apparition du jeune homme, plus prompte qu'il n'avait osé l'espérer, lui cause une émotion délicieuse. Ses yeux, où brille une larme de joie, ont perdu leur expression sévère; et, d'une voix tremblante, qui atteste combien il serait malheureux si son attente était déçue, il lui adresse ce peu de mots :

» Hé bien ! jeune homme ! êtes-vous » prêt à m'entendre ?

— « Que mes parens m'ordonnent » de mourir, et j'obéirai. Terminez » donc enfin mes tourmens. Ah ! le » trouble que j'éprouve en votre pré- » sence, l'horreur qui m'a glacé à la » nouvelle de votre malheur, cette voix » qui fait frémir toutes les fibres de mon » âme, ces traits dans lesquels je démêle » les traits de la femme que je crois ma » mère..... Vous pleurez..... Ah ! de » grâce, vous que je choisirais, si je » pouvais choisir ! suis-je votre fils ?...

— « Jette-toi dans mes bras, » s'écrie Démétrius ; et il s'élance, le serre contre sa poitrine et l'inonde de ses larmes.

Mais la nature ne peut résister à un si violent effort. Les plus affreux malheurs n'avaient pu ébranler Démétrius ; et le bonheur l'accable. La joie, dont son cœur surabonde, porte dans tous ses sens un trouble doux et funeste. Ses yeux se ferment, il gémit; et pâle, glacé, il tombe sans connaissance dans les bras de son fils.

Les caresses de Skander, les accens de sa voix chérie, ses pleurs, qui arrosent le visage du vieillard, ont enfin ranimé ses sens.

« Mon fils! » s'écriait-il, avec l'accent de la plus vive tendresse.

« Mon père! ô mon père! » disait Skander; et, ce nom si saint, ce nom, que depuis tant d'années il brûlait de prononcer, pouvait seul sortir de sa bouche. Cet horrible cachot, séjour du crime, s'étonnait d'être devenu le temple des plus sublimes vertus et des sentimens les plus doux. Ses voûtes ne répétèrent long-temps que des cris étouffés, et ces noms, redits mille fois avec une volupté toujours nouvelle :

« Mon père! Mon fils. »

Les explications les plus tendres, mêlées de sanglots et de pleurs, suivirent rapidement ces premiers transports.

Skander s'énorgueillit d'être le fils d'un héros, et frémit d'avoir si longtemps adoré la main qui fit mourir son père. Privé de ces parens, qu'il ne retrouve que pour les pleurer, il gémit de ne pouvoir leur consacrer ses jours; heureux du moins, heureux que le ciel lui ait laissé le douloureux plaisir de la vengeance. Les élans de cette âme enflammée transportent, étonnent même Démétrius ; son triomphe a passé son espoir :

« Mon fils, » disait-il, « le Dieu
» que tu as quitté te réclame; c'est le
» Dieu de ton père.

— « Ah! c'est aussi le mien. Si je
» vous retrouvais puissant et entouré de
» splendeur, j'oserais hésiter avant de
» croire. Mais vous êtes malheureux,
» votre religion est la mienne.

— « Reçois donc cette croix où sont
» encore empreints les pieux baisers de
» ta mère. O Hélène! ô Ivan! martyrs
» de notre foi! Du séjour de la gloire,
» vous contemplez votre fils; et au sein

» des délices même du Ciel, le spectacle
» de sa vertu ajoute à votre bonheur. »

Skander reçoit cette relique précieuse; il la couvre de baisers et de larmes. Il prodigue à Démétrius les noms les plus tendres; il lui jure que, de toutes les affections auxquelles avaient droit son père, sa mère et ses frères, son cœur ne laissera rien perdre, et qu'elles vont toutes se réunir et s'exalter sur lui seul.

Enfin la violence de leurs transports s'apaise par degrés, et fait place à ce calme si doux, dont l'âme jouit avec délices, lorsque la félicité qu'elle goûte émane de la vertu.

Ils convinrent que, la nuit même, Démétrius, par le secours de son fils, sortirait du cachot, et que Skander l'accompagnerait vers l'asile où l'attendaient ses matelots fidèles. Le vieillard espérait emmener Skander à Venise, et montrer à l'Europe l'illustre conquête qu'il venait de faire sur les ennemis du nom chrétien : mais le jeune homme roulait dans son cœur d'autres pensées.

Il sort de la prison ; soudain, l'image de Zelma presque oubliée dans l'ivresse de ses transports, vient s'offrir à lui ; il frémit, il soupire amèrement ; une larme brûlante roule dans ses yeux ; et, faible, il se laisse tomber au pied d'un pilastre en ruines, non loin du sépulcre de son père.

« Il va donc l'abandonner, pour prix de tant d'amour ! Quelle barbarie !.... Sans parens, sans appui, seul dans l'Univers, ne lisant dans tous les regards qu'une froide indifférence ou une pitié hautaine, il a vu la fille des rois l'appeler à elle, lui donner sa main, son diadême et son cœur : elle a été sa sœur, son amie, son amante, ses parens, sa providence, son bonheur ; et voilà sa récompense !...

» N'est-il donc plus d'espoir ? Non. Il est Grec, il est chrétien. Entre la fille d'Amurat et le fils d'Ivan, quelle alliance est possible ? L'imagination recule devant le fleuve de sang qui les sépare. Ah ! si pourtant !....

» Oui, ils sont sacrés les devoirs que la religion et la nature imposent : mais ceux de l'amour, de la reconnaissance, ne sont-ils rien ? Fallait-il, par tant d'ardeur, par tant de sermens, allumer dans cette âme pure un feu qui ne peut plus s'éteindre, pour jurer ensuite son malheur, son trépas ? Une telle perfidie n'est-elle pas réprouvée et par la loyauté et par l'honneur ? Et s'il veut la trahir, le pourra-t-il ? Le feu qui le consume n'est-il pas immortel ? Ne portera-t-il pas partout le trait qui le déchire ? Comment espérer désormais un seul moment de sommeil ou de joie ? Comment respirer, comment vivre sans elle ?

» Le voilà donc commencé, ce combat terrible entre la passion et le devoir ! Ah ! si la balance est égale, qu'elle penche du côté du malheur ! Ici, la sécurité, la splendeur, le trône ; là, les dangers et la misère : le choix est-il douteux pour le fils d'un héros ? Et que dirait-on de lui, s'il abjurait ses périlleux devoirs? Est-ce l'amour qui en recueillerait la honte? Non; les plus vils motifs paraîtraient seuls l'avoir animé; et, devant les musulmans eux-mêmes, Skander n'oserait lever les yeux. L'honneur parle; sa voix seule doit être écoutée. »

Au milieu de ces agitations, il éprouve le plus violent désir de la revoir à l'instant même. Que va-t-il lui dire? il ne sait : mais il faut qu'il la revoie. En ce moment cruel, son amour redouble de violence; il semblait ne pouvoir s'accroître; et il s'accroît pour son malheur.

D'un pas rapide, il traverse le palais; il arrive à la porte de l'appartement; il hésite, il entre.

Déjà le sultan était parti pour l'armée, en lui laissant l'ordre de le rejoindre le lendemain, et la permission de consacrer à Zelma le reste du jour.

A sa démarche inquiète, à ses regards incertains, au trouble affreux qui l'agite, Zelma a pressenti quelque grande infortune : elle pâlit :

« Ah! dieu! » s'écrie-t-elle, « serait-il
» arrivé quelque malheur à mon père?
— « Non; et puissent tous les malheurs
» s'éloigner de toi, ange du ciel!
» Puissent-ils n'accabler que moi! »

Il s'appuie contre une des colonnes qui soutenaient l'appartement, et regardant Zelma de l'air le plus tendre et le plus douloureux, il laisse échapper ces paroles, souvent entrecoupées par les marques du plus violent désespoir :

» Zelma! ô Zelma! ô toi l'objet d'une
» passion si vive, peux-tu craindre que
» Skander te soit jamais infidèle? Ah!
» que plutôt la foudre m'écrase à tes
» yeux!

» Zelma! nos cœurs s'entendent si
» bien! Pourquoi les arracher l'un à
» l'autre?..... Si une fatalité imprévue,
» si une nécesssité imposée par l'honneur
» ou par la vengeance, voulait briser
» nos nœuds, dis, le souffririons-nous?...
» Si je n'étais plus cet heureux Skan-
» der, brillant de gloire, entouré de

» splendeur, honoré du choix de ton
» père, appelé à te faire asseoir sur un
» des trônes de l'Orient; si j'étais un
» proscrit, un chef de rebelles, errant
» sur les montagnes, luttant contre la
» faim, la soif et les fatigues, sans autre
» abri que la voûte des cieux, sans autre
» bien que mon courage et ton cœur;
» dis, voudrais-tu....? Ah! quel destin
» pour toi! Quel hymen pour la fille
» des sultans!..... Et cependant, le
» bonheur n'est-il pas dans l'amour?
» L'amour ne tient-il pas lieu de
» tout le reste? Tu serais une divi-
» nité pour mes compagnons, pour moi.
» Avec quelle ardeur je combattrais
» pour te défendre! Tu t'appuierais sur
» moi dans nos marches pénibles: le
» soir, j'éleverais pour toi une tente; et,
» la nuit, je veillerais pour protéger ton
» sommeil.... . . . .
. . . » Zelma! est-ce que je m'égare?
» Pourquoi me regardes-tu ainsi?....
» O Zelma! tremblez! Ces lieux où

» nous sommes, sont tous pleins de mes » aïeux. Ne démêlez-vous pas, sur ce » marbre, des traces de sang mal effa- » cées? C'est le sang de mon père, de » ma mère, de tous mes parens. Vous » frémissez?.... Ecoutez : le vent qui » siffle dans ces arcades à demi rompues » m'apporte le murmure de leurs voix » plaintives. Sous cette voûte obscure, ne » vois-je pas se glisser leurs ombres?....

» Et le meurtrier de toute ma famille, » dans le combat qu'il va livrer à un » frère aussi cruel que lui, compte » sur le secours de mon bras!... Puisse, » dans ce combat, le Dieu des justices » et des vengeances anéantir et le tyran » et le rebelle, et ces armées dont j'ai » eu le malheur de partager les affreux » succès, et toute cette nation de » dévastateurs et d'assassins!

» Zelma! vous pleurez!.... Ah! » comment résister à ta douleur? En » vain l'honneur et le devoir me par- » lent; si je vois tes larmes, je suis » perdu.

» Que suis-je venu faire ici ! Je ne
» voulais que jouir un moment de ta vue
» céleste, et te cacher mes tourmens,
» mes nouveaux destins. Vains projets !
» Cette âme, accoutumée à s'épancher
» dans la tienne, n'a pas eu le triste
» courage de se refermer devant toi. Il
» faut que je te fuie. Le plus saint
» devoir me réclame ; et plus je te
» vois, plus je crains d'y être infidèle.
» Adieu : demain, nous nous reverrons ;
» adieu. »

Il fuit. Tandis que Zelma, jusqu'alors si heureuse, verse ces premières larmes, qui ont tant d'amertume, et qui coulent avec tant d'abondance ; son amant, plus à plaindre encore, erre dans le palais, aux approches de la nuit, en proie à la plus violente tempête. Tantôt il prie, incliné sur la tombe de son père ; tantôt il reste long-temps immobile et l'œil fixe ; tantôt il tressaille, comme s'il entendait les sons d'une voix mystérieuse.

Si un homme, dont les yeux ont été long-temps couverts de ténèbres, les rouvre tout-à-coup à la lumière du Ciel ; l'éclat qui l'environne éblouit sa paupière, porte le trouble dans tous ses sens, et fait fléchir son corps sur ses genoux qui chancèlent. Telle, et bien plus terrible, est l'agitation du jeune homme, au moment où ses destins si long-temps inconnus se sont révélés à lui. Les passions les plus opposées se combattent dans son cœur : il n'a pas la force de répondre de lui-même ; non, dans cette terrible lutte entre l'amour et le devoir, il n'oserait assurer qui sera vainqueur.

Déjà de profondes ténèbres enveloppent Croïa, où règne un vaste silence, interrompu de temps en temps par les cris des sentinelles et par les roulemens lointains du tonnerre. Car la nuit était orageuse, et une tempête allait bientôt éclater.

Skander vole à la prison. Le soldat

qui la garde reçoit de lui une bourse pleine d'or, ouvre les portes, et fuit.

Deux chevaux étaient prêts. Aidé par Skander, Démétrius se place sur l'un ; Skander s'élance sur l'autre. Les portes de la ville s'ouvrent à la voix du jeune chef : son compagnon, enveloppé dans un manteau, passe pour un officier des troupes ottomanes. Ils se dirigent rapidement et en silence, vers le lieu où Démétrius est attendu par ses matelots. La pluie qui tombe par torrens, les éclats de la foudre, l'agitation de leurs cœurs, ne permettent pas à Démétrius et à Skander de se communiquer leurs pensées.

Démétrius était dans l'ivresse du bonheur. Sa race avait donc un héritier, sa vieillesse un appui, ses cheveux blancs une couronne, plus belle que le diadême, dont la guerre avait privé sa famille ! Il espère que, dès le lendemain, la tempête calmée lui permettra de retourner à Venise avec son petit-fils, et d'offrir à l'admiration de l'Europe ce jeune héros qui, brûlant d'amour et brillant de gloire, est descendu des marches du trône, au premier accent de la voix paternelle, et a, sans murmure, immolé à son devoir toute la félicité dont on peut jouir sur la terre.

Déjà ils avaient descendu la pente rapide des rochers qui entourent le bassin. Sortant de la grotte, où ils se dérobaient aux fureurs de l'orage, les matelots s'empressent autour de Démétrius. Il répond à leurs félicitations avec amitié, et cherche un abri solitaire, où il puisse jouir de la présence et de l'entretien de son fils.

Ils s'assirent, l'un auprès de l'autre, au pied d'un roc, dont la cime recourbée les préservait des torrens que le ciel précipitait sur leurs têtes. A la sombre lueur de l'orage, ils apercevaient, d'un côté la mer agitée, de l'autre la chaîne des montagnes d'Epire, et ces lieux, où régnèrent le fils d'Achille, et cet autre Pyrrhus, terreur des Romains.

Skander, prenant entre ses mains les mains de son aïeul, lui dit avec l'expression de la plus vive tendresse :

« Faut-il donc déjà nous séparer ! » Cette barque va donc vous ramener à » Venise, avant que j'aie pu jouir de » vos embrassemens, et satisfaire ce » désir des émotions les plus saintes, » qui m'a long-temps consumé en vain... » Car, il est temps de vous le dire, » mon père, je suis venu ici pour assurer » votre fuite, mais non pour la partager.

— « Qu'entends-je ! » s'écrie Démétrius. Une crainte affreuse le glace, et la voix expire sur ses lèvres.

« O mon père, vous ne m'entendez « pas. Votre fils est tout à vous, tou» jours digne de vous. Daignez répondre » à mes questions. Ces peuples infor» tunés, dont Amurat est le tyran, et » dont je suis le souverain, les Grecs » de l'Epire, sont-ils braves ?

— « Ils sont intrépides.

— « Adorent-ils la main qui les
» outrage et les enchaîne ?

— « Ils s'agitent en frémissant dans
» leurs fers; ils versent des larmes de rage.

— « Aimaient-ils mon père?

— « Ils l'adoraient.

— « L'ont-ils oublié ?

— « Ils le pleurent toujours.

— « Comment recevraient-ils son
» fils ?

— « Avec transport.

— « C'en est fait. Dès demain,
» l'Epire est libre, et mon père est vengé».

Au moment où Skander prononçait ces mots, un éclair, illuminant son visage de mille feux, découvrit à Démétrius ses traits, où son âme semblait empreinte, et ses yeux, où se révélait l'héroïsme de son avenir. Démétrius crut revoir Ivan, lui-même, tel qu'il était dans ce jour illustre et fatal, où il succomba sur un amas de lauriers, et fit envier à son vainqueur une si noble défaite. Mais la hardiesse du jeune homme effraie le vieillard :

« Que veux-tu dire, ô mon fils ? quels » sont tes projets ?

— « Guerre, guerre aux tyrans ! oui, » demain je ressaisis le sceptre de mon » père, je rassemble mes concitoyens, » mes enfans ; je leur rends leur nom, » leur liberté, leurs tombeaux, leurs » temples. Ils écouteront la voix de » leur prince. La légitimité, dont rien » n'efface le sacré caractère, va repa- » raître en Epire ; que l'usurpation » tremble et recule ! Non, même après » dix siècles de tyrannie, les Turcs ne » seraient que les bourreaux héréditaires » des Grecs, et non leurs souverains.

— « O mon fils ! oublies-tu quel est » l'ennemi que tu veux combattre ? » D'une extrémité du monde à l'autre, » depuis ces contrées que la neige » et les glaces défendent contre les » conquérans, jusqu'à ces déserts de » sables où le ciel verse sans interruption

» des torrens de feux, le nom d'Amurat,
» de son peuple, de ses armées, ébranle
» les trônes et fait pâlir les rois. Et tu
» veux tourner sa fureur contre toi seul!
» Dans ton ardeur téméraire, tu appelles
» sur toi cet orage qui a brisé tant de
» remparts, qui a écrasé tant de peuples,
» et dont, demain peut-être, un seul
» éclair anéantira les Césars!

— « Si le nom d'Amurat est puissant,
» il en est de plus puissans encore : ceux
» de liberté, de royauté, de patrie.

— « On dit Amurat invincible.

— « On le dit. Nous verrons.

— « Quels seront tes alliés?

— « Dieu et l'honneur.

— « Et sur ces rochers arides, que
» pourras-tu opposer au nombre, à l'or,
» à la trahison?

— « Mon courage, et le souvenir de
» mon père. Non, sa tombe ne sera pas
» plus long-temps profanée par des mains
» impures; ces jours, que je n'ai pu
» consacrer à la félicité d'un père, je

» les dois à sa cendre. Jusqu'à mon » dernier soupir, je combattrai auprès » d'elle, et pour elle. O toi, que j'aurais » tant aimé, toi qu'appelaient mes » ardens désirs, mon père! je t'ai » trouvé enfin, je ne te quitte plus.

— « O mon fils! je t'admire et je » tremble. Ton cœur magnanime s'é» lance avec trop d'audace vers d'im» menses périls. Si le sort des combats » t'est fatal, comme il l'a été à ton père, » qui te défendra contre le sultan? qui » te sauvera de sa rage?

— « La mort. Elle est douce pour » une telle cause. Je ne la crains pas; » que dis-je? mes vœux l'appellent. » Cet ennemi, qu'on dit si terrible, et » qui, je l'avoue, est le premier général » et le premier soldat de ses armées, » pourra me vaincre, si telle est la » volonté du Ciel, mais non me par» donner. »

Démétrius est subjugué : l'âme du jeune homme a passé dans son âme; il le serre dans ses bras ; il arrose son front de larmes de joie.

« Demain, » lui dit-il, « une fête, » que la religion a consacrée, rassemble, » près de ces lieux, sur les monts » Cérauniens, ces enfans des rochers » de l'Epire, dont l'hommage imparfait » et la soumission hautaine excitent » depuis long-temps, dans les oppres- » seurs de la Grèce, un inutile courroux. » Ne perdons pas d'instans. Suivi des » amis dévoués qui m'ont accompagné » ici, je vais, cette nuit même, gravir » les hauteurs. Dès l'aurore, je par- » courrai les montagnes ; je préparerai » ces Grecs généreux à ton arrivée, à » tes desseins. Toi, retourne à Croïa. » Instruit par ta bouche de la révolution » que tu prépares et qu'il appelle de » tous ses vœux, le fidèle ami de ton » père, Alexis, animera en secret les » habitans de la ville, et préparera tout » pour un soulèvement subit, tandis » que tu viendras me rejoindre et que

» les Grecs de nos montagues s'armeront
» à ta voix. Pourraient-ils résister à tes
» discours, à ton exemple ? Ah ! l'Epire
» sera sauvée, et mes yeux, avant de
» se fermer, verront briller sur ma
» patrie l'aurore d'une gloire nouvelle.
» Cette terre, si fertile en héros, n'est
» pas lasse d'en produire; et le repos
» même n'aura fait que la rendre plus
» féconde. Mais, ô mon fils, si tu
» succombes, ta mémoire n'en sera pas
» moins sacrée; le laurier de la gloire
» et la palme du martyre, entrelaçant
» leurs rameaux sur ta tombe, l'orne-
» ront de fleurs éternelles. »

Ils s'embrassent et se séparent. Tandis qu'avec ses fidèles compagnons, Démétrius, suivant des sentiers connus de son enfance, et oubliant son âge, gravit ces montagnes fameuses, que la foudre a si souvent frappées; Skander reprend la route de Croïa. Sa douleur, qu'il avait cachée aux yeux de Démétrius, éclate en liberté. La passion, si ardente et si malheureuse qui le dévore, mêle aux élans de son dévouement héroïque l'amertume et les regrets. Étonné de la résolution qu'il vient de prendre, effrayé de son courage, il s'indigne contre lui-même ; il se déteste.

Au milieu de tant d'agitations, une fiévre brûlante le consume. Tandis que son cheval l'entraîne rapidement, parmi les rochers et les précipices, dans l'horreur des ténèbres, il ne s'aperçoit, ni des éclats du tonnerre, ni des torrens de pluie qui l'inondent, ni de la violence des vents qui brisent autour de lui les arbres des forêts. Il ne voit que Zelma ; elle est devant ses yeux ; il l'écoute, il lui parle. Il profère des mots sans suite, des sanglots, des soupirs, et se trouve, presqu'à son insu, dans Croïa, dans sa maison, dans son appartement, entouré de ses serviteurs, qui tremblent pour sa santé, pour sa raison, pour sa vie.

Il les éloigne de sa présence. La solitude et la nuit aigrissent la violence de ses maux. Mais avant l'aurore, Alexis, appelé par ses ordres, paraît devant lui. Alexis accueille tous les projets de son prince, avec l'enthousiasme d'un citoyen, d'un ami, d'un soldat. Il partage toutes ses espérances : il lui répond de la ville. Les infidèles sont loin de soupçonner ce qui se passe et ce qui se prépare : Zelma seule peut le pressentir ; mais quelle trahison pourrait-on craindre d'une amante ? Que Skander aille soulever les peuples des montagnes ; qu'un grand feu, allumé sur les hauteurs, annonce la réussite de ses desseins ; sur-le-champ les habitans de Croïa courront aux armes : le palais, la ville, la citadelle seront en leur pouvoir, avant que les infidèles surpris, accablés, aient pu soupçonner le péril.

Ainsi se concerte entre Skander et Alexis le rétablissement du trône et de la liberté. Skander va sortir de la ville, aux yeux des Turcs abusés, qui, croyant qu'il va prendre sous les drapeaux d'Amurat sa place accoutumée, l'accompagneront de leurs vœux. Cependant avant de partir pour une entreprise si hasardeuse, avant de rompre à jamais les nœuds les plus chers, il veut voir, une dernière fois peut-être, l'amante infortunée, dont il va détruire à jamais toutes les espérances. Il lui fait demander un entretien. Elle ne le trahira pas, il le sait; les confidences de l'amour sont sacrées; et la magnanimité de Zelma lui est connue. Mais pourra-t-il conserver, en sa présence, son féroce courage, et rester fidèle à des sermens qu'il déteste?

La fille des empereurs avait veillé dans les larmes. Skander a vu sa victime, et déjà sa fermeté chancelle. D'une voix tremblante, il essaie de désarmer le courroux amer qu'il lit dans ses yeux :

« Zelma! tu sais tout. Tu vois le » destin qui m'accable..... Amurat a tué

» mon père..... O Zelma, je conser-
» verai jusqu'à la mort pour lui et pour
» toi les sentimens que me dictent la
» nature et le devoir ; pour lui une haine
» implacable ; pour toi le plus ardent
» amour. »

Elle répond, en baissant les yeux :

« Vous n'avez pas besoin d'excuse.
» A vos sermens tant de fois répétés,
» vous préférez des sentimens nouveaux,
» des affections d'un jour, que je ne
» puis comprendre, mais qui vous
» sont plus chères que mon bonheur.
» Vous ne m'aurez pas donné vainement
» l'exemple. Vous avez su dompter
» votre cœur ; je dompterai le mien. »

Skander est accablé ; il soupire et frémit :

« Ainsi donc vous renoncez à moi !
» et avec si peu d'effort ! Ce qui m'ar-
» rache tant de larmes, ce qui m'agite
» par de si affreux combats, ce qui me
» tue, est pour vous un sacrifice si
» facile ! Vous jurez, sans pleurs et

» sans trouble, le supplice éternel de ma » vie! Cruelle! et je me croyais aimé!..

— « C'en est trop, » s'écrie Zelma, donnant un libre cours à une douleur long-temps combattue, « ce dernier » coup est mortel. Au moment où il » me trahit, où il m'abandonne, pour » de nouvelles amours peut-être, il » doute de ma tendresse; il m'accuse » de ne pas l'aimer : il lui semble que, » sans cet horrible outrage, mon sup- » plice serait trop doux! »

En quel état ces mots, proférés par une voix si chère, accompagnés de soupirs et de larmes, réduisent-ils le jeune homme! O ombres de sa famille immolée, venez à son secours! Sauvez-le du précipice où la passion la plus noble et la plus pure va l'entraîner!

Il s'élance aux pieds de Zelma : il s'accuse de cruauté, de perfidie, d'ingratitude : il la supplie d'avoir pitié de ses remords, de jeter sur lui un regard moins sévère.

« Cruel, » lui disait-elle, « est-ce là
» le prix que tu réservais à un amour
» si tendre ? Sont-ce là tes sermens ?
» Les feux qui brillent dans le ciel
» s'éteindront, disais-tu, plutôt que le
» feu qui brûle dans mon cœur. Tu me
» le disais, et je pleurais ; et dans ma
» tendresse crédule, je me plaisais à
» voir ta main essuyer mes larmes. Et
» tu me trahis ! tu m'immoles ! Que
» t'ai-je fait ? Pourquoi me condamner
» à mourir ? Quand je ne serai plus,
» qui te rendra et Zelma, et sa tendresse
» si pure, et les doux souvenirs de
» notre enfance, et ce cœur qui te chérit
» encore en mourant par tes coups ?

— » C'en est fait, c'en est fait, »
s'écrie-t-il dans son délire, « tu m'as
» vaincu. Vengeance, honneur, devoir,
» que tout soit immolé ! Ah ! tout
» l'Univers, je le sens, n'est rien au
» prix d'une seule de tes larmes... Mais
» ne t'attends pas que je consente à
» traîner une honteuse vie dans la cour

» du meurtrier de mon père. Fuyons :
» allons cacher, sous un ciel inconnu,
» nos jours et notre bonheur. Là, tu
» seras ma divinité, ma vie : là, les
» transports sans fin de l'amour le plus
» tendre nous révèleront toutes les
» délices des cieux ! »

Tandis que cet amant en délire profère ces paroles, d'une voix entrecoupée, avec toute la fureur de la passion, tout-à-coup ses regards se portent sur la croix brillante, où sa mère avait si souvent empreint ses lèvres pieuses. Il rougit, il pâlit ; après quelques momens du plus terrible silence, il s'écrie :

« Zelma ! décide de mon sort. Quelle
» que soit ta réponse, je jure de t'obéir.
» Amurat a tué mon père, écrasé mes
» sujets, outragé mon Dieu. Faut-il
» subir l'ignominie de ses bienfaits,
» trahir la religion, la patrie et la
» nature ? Prononce. »

Les larmes de Zelma sont séchées : la colère ne brille plus dans ses yeux où éclate le plus froid dédain. Elle répond d'une voix calme et d'un air tranquille :

« Je vous rends vos sermens ; oubliez-» moi ; adieu. »

Elle se retire dans l'intérieur de son appartement, et le laisse en proie au désespoir. Mais combien le calme qu'elle affecte est loin d'elle ! Non, je ne peindrai pas les tourmens de cette âme si cruellement, si profondément blessée, qui, à la fois, dévorée par les regrets, glacée par l'effroi, enflammée par la colère, conserve, malgré elle, et tout son amour et tous ses vœux. Non, je ne les peindrai pas : le cœur le plus insensible en serait brisé ; on n'admirerait plus qu'à regret le héros qui la rend si malheureuse ; on le détesterait peut-être, au lieu de le plaindre. Laissons à la gloire de Skander son douloureux et fatal éclat ; ne l'achète-t-il pas assez cher ? Le remords, destiné à être la punition du crime, est pour lui celle de la vertu.

Néanmoins, dans cette âme impétueuse, un orage calme un autre orage : le feu de l'amour ne saurait s'y éteindre ; mais, comme étouffé par une autre flamme, il paraît s'assoupir pour se réveiller ensuite plus terrible. Skander vole à la vengeance. Un devoir sacré l'appelle, et doit lui tenir lieu pour jamais d'amour, d'hymen et de bonheur.

Escorté de quelques Grecs, dont Alexis lui a garanti la foi, il marche à l'accomplissement de ses grands desseins. En s'élevant de rocher en rocher sur le sommet des montagnes, il promène partout un regard attentif, et médite déjà les immortels exploits qui devaient illustrer sa vie. Il prend possession de ce sauvage empire, avec plus de joie que s'il avait à régner sur de riches cités, sur des plaines riantes. Il songe que dans ces lieux un petit nombre de braves pourra résister aux plus formidables armées : il prépare, il combine ses efforts ; et déjà, dans sa pensée, il a marqué la place où Amurat doit trouver son tombeau (1).

Heureuses montagnes! oui, heureuses! la nature, il est vrai, leur a refusé et les ombrages des forêts, et les eaux des fontaines; jamais ni les moissons, ni les pampres n'ont décoré leurs flancs : mais là sont d'âpres rochers, de profonds ravins, des abîmes suspendus sur des abîmes, remparts contre la tyrannie; là, respirant un air pur, se nourissant des plantes qui croissent sur un sol de pierre, buvant les eaux du ciel, et dormant sous des tentes, l'intrépide habitant de l'Epire défend contre la rage des Ottomans, son Dieu, sa conscience et sa liberté (2).

Quels transports d'allégresse avaient fait éclater ces dignes enfans de la Grèce,

---

(1) Amurat, assiégeant Croïa avec une armée très-nombreuse, et ne pouvant s'en emparer, mourut, dit-on, devant cette place, d'une maladie causée par la douleur et la colère.

(2) Personne, en Europe, n'ignore les mœurs et les exploits des braves Suliotes.

en apprenant de Démétrius l'existence de leur prince, son nom, ses desseins! Réunis sur leurs montagnes, ils attendaient, les armes à la main, le héros, qui allait relever le trône et la liberté dans leur patrie ranimée. De loin ils l'ont aperçu, et ils se précipitent sur son passage. Quels cris d'enthousiasme! Quels élans d'admiration et d'amour! Que de sanglots et de pleurs! On baise ses mains, ses vêtemens, ses armes. L'explosion de tous les généreux sentimens, qui, vainement comprimés par la tyrannie, se réveillent dans toute leur force en sa présence; ces noms sacrés de liberté, de religion, de royauté, de patrie; ces femmes, ces enfans, qui partagent l'allégresse de leurs familles; tous ces regards avides qui se confondent sur lui seul; ces acclamations, ce délire, transportent le jeune homme, et redoublent en lui l'amour de la vertu et de la gloire. Il se jette dans les bras de Démétrius, et mêle quelques pleurs aux pleurs de son père.

Bientôt, il fait signe qu'il veut parler. A ce tumulte confus succède le plus profond silence. Debout sur un rocher, ayant Démétrius à ses côtés, et promenant un regard à la fois modeste et fier sur la foule qui remplit la vallée et la plaine, Skander, par ce peu de mots, fait rapidement circuler dans toutes les âmes le feu dont la sienne est embrâsée :

« Enfans de l'Epire, mes amis, mes
» compagnons, mes frères !..... il est
» enfin tombé, le voile qu'un tyran a
» si long-temps étendu sur mes yeux.
» Ce jour, qui me révèle à moi-même,
» me rend un père, des enfans, un
» nom, des devoirs ; héritage redou-
» table et sacré ; je l'accepte avec trans-
» port.

» Je pourrais, il est vrai, étouffant
» la voix de la nature et le cri du re-
» mords, adorer encore la main qui
» m'accabla de ses faveurs perfides, et
» du sein des grandeurs, des délices,
» jouir impunément des malheurs de

» ma patrie. Loin de moi cette félicité
» odieuse ! Souffrir avec vous, partager
» vos périls, protéger tout ce qui vous
» est cher, verser tout mon sang pour
» épargner le vôtre, voilà désormais et
» mon devoir et mon bonheur.

» Admirez les décrets du Ciel ! Mi-
» nistre involontaire des vengeances
» divines, Amurat lui-même a sauvé,
» parmi les débris du trône renversé
» par ses mains, l'enfant qui va le
» relever. Il m'a instruit, lui-même,
» dans l'art de régner et de combattre :
» il a formé le vengeur de mon père.
» Amurat ! j'ose te le prédire, tes leçons
» n'auront pas été perdues !

» Qu'attendez-vous donc encore, fils
» des Hellènes ? Jusques à quand la
» Grèce n'opposera-t-elle à la rage de
» ses tyrans que des pleurs, qui excitent
» leur risée, et des souvenirs qu'ils
» ne sauraient comprendre ? Jusques à
» quand ceux d'entre vous, qui ne
» veulent pas courber la tête sous le

» joug, vivront-ils isolés, dans le
» creux des rochers et dans le fond des
» cavernes, comme les lions et les
» ours (1)? Il en est temps; aux armes!
» Notre cause est sacrée, et Dieu est
» juste. Nous inscrirons sur nos éten-
» dards ces mots qu'il fit briller lui-
» même autour de sa croix en lettres de
» flamme, aux yeux du premier Cons-
» tantin : *Tu vaincras par ce signe.*

» Oui, nous vaincrons. O Grèce! ô
» terre héroïque! Déjà l'astre de ta
» gloire, trop long-temps éclipsé par des
» voiles funèbres, brille d'une nouvelle
» splendeur; déjà, autour de tes vieux

---

(1) *Hos pote, pallikaria, na zoumen's ta stena,*
Monakhoi, san leontaria, 's tais rhakhais, 's ta vouna?
Spiliais na katoikoumen, na vlepomen kladia,
Na ton kosmon feugomen yia tin pikrin sklavia?

(Chant patriotique du Thessalien Rhiga.)

» lauriers s'élèvent des rejetons sans » nombre, dont la fraîche verdure se » mêle avec orgueil à leurs antiques » festons.

» Pour moi, ô mes amis, heureux » ou malheureux, j'espère qu'un jour » l'Univers dira de votre prince : Il fut » digne jusqu'à la mort, et du nom » d'Alexandre et du trône de Pyrrhus. »

Il a dit, et déjà les destins de l'Epire sont changés. Tous les Grecs répètent avec enthousiasme le serment d'être fidèles, jusqu'au dernier soupir, à leur religion, à leur prince, à leur patrie. Un évêque en cheveux blancs, outragé, mutilé par les Turcs, célèbre les mystères divins : de ses mains consacrées par le martyre, il bénit les armes de ses frères : il leur semble qu'à sa voix les voûtes célestes s'entr'ouvent, et que, descendant sur des aîles de feu, l'esprit de Dieu vient embrâser leurs âmes.

Skander ne laisse pas à leurs premiers transports le temps de se ralentir. A la tête de ses nouveaux guerriers, il des cend des montagnes, et, protégé par le ténèbres, marche vers Croïa. En mêm temps, par son ordre, un feu immens s'allume sur les hauteurs, et doit ins truire Alexis du succès de son entrepris Une heure s'était à peine écoulée, et u signal favorable répond à son signal une vive flamme brille sur les rempar de Croïa, et les tours de la forteress paraissent tout en feu.

Encouragé par cet heureux présage Skander arrive devant la ville : les porte s'ouvrent. Il apprend qu'à la vue des feu allumés sur les montagnes, les hab tans de Croïa, excités par Alexis, on pris les armes et proclamé l'indépendanc de l'Épire : la garnison musulmane été surprise, accablée, chargée de fers Zelma, entourée de respects, est gardé dans le palais. Partout flotte l'étendar de la croix; partout éclate l'ivresse d'u peuple qui, sortant d'une nuit de dou leur et d'esclavage, salue l'aurore de l liberté.

Skander remplit les devoirs d'un prince, d'un général, d'un père. Le plus constant objet de ses soins, ce sont les vaincus. Il les protège contre l'explosion d'une rage long-temps concentrée ; il répand dans toutes les âmes la douceur et l'humanité de la sienne. Ah! qu'une cause si sainte reste toujours pure! Si le sang doit couler en l'honneur de la Croix, que ce soit seulement ou sur le champ glorieux des batailles ou dans la lice non moins glorieuse du martyre!

Ainsi, cachant à tous les regards le tourment secret qui le dévore, Skander remplit ses sujets d'ardeur et d'allégresse. La mort est dans son âme, et l'espérance est dans ses yeux.

Les messages fréquens qu'il envoie à Zelma, les lettres brûlantes d'amour, qu'il lui écrit, rien n'est reçu d'elle. Renfermée dans son appartement, elle passe la nuit dans les larmes, prête de loin l'oreille à la joie odieuse du peuple, et pour comble de douleurs, se persuade que Skander ne l'a jamais aimée. Quel changement en un jour!... hier si digne d'envie! aujourd'hui si digne de pitié!.. Comment ce roseau faible et tremblant résistera-t-il aux coups d'un tel orage? Hélas! une mère abusée prépare pour son hymen, dans Andrinople, les diamans, les fleurs, le luxe des fêtes les plus somptueuses; et ces rians apprêts vont peut-être faire place aux tristes décorations du cercueil!

Cependant les portes de la ville s'ouvrent à chaque instant pour recevoir des Grecs ou des Albanais, qui viennent se rallier sous les drapeaux de la patrie, Skander ne souffre pas qu'une oisive allégresse dérobe au service de l'Etat un temps précieux. Durant la nuit entière, au milieu de l'ivresse universelle, à la lueur des flammes qui éclairent toute la ville, au bruit des chants de guerre et de liberté, tout se prépare pour l'attaque et pour la défense: les bataillons se forment, s'exercent ; les femmes embellissent la guerrière parure des combattans qui leur sont chers ; elles tressent des couronnes pour leurs fronts, et, dans leur inquiète prévoyance, n'oublient rien de ce qui pourra calmer les souffrances des blessés ou décorer le triomphe des vainqueurs.

Les événemens se pressent, et le Ciel, par les marques les plus éclatantes, semble favoriser la cause des Grecs. Dès l'aurore, le bruit se répand qu'une grande bataille s'est livrée entre le sultan et son frère, qu'Amurat a été trahi par une partie de ses troupes, que les rebelles ont eu l'avantage.

A cette nouvelle les Grecs font éclater leur joie. Skander seul paraît inquiet ; et l'allégresse de ceux qui l'entourent n'éclaircit pas le sombre nuage qui voile son front.

Bientôt, plus de doute. On apprend que l'empereur recule vers Croïa, où il espérait la veille trouver un appui, des secours ; où il sait maintenant qu'il doit rencontrer un nouvel ennemi, acharné à sa perte. Des témoins de son malheur arrivent à chaque instant dans la ville. Enfin un officier ottoman se présente aux portes : c'est Osmin ; il demande à être conduit auprès de Skander.

En traversant Croïa, le Turc orgueilleux considère, avec un dédain mêlé de courroux, ce peuple qui renaît à la liberté. Il s'étonne et s'indigne qu'au lieu de s'incliner à son passage, ces Grecs, qu'il méprise, l'accueillent avec des regards menaçans ou un sourire amer. La nouveauté de ce spectacle révolte son orgueil et excite en lui autant de pitié que de colère. Il ne voit dans Skander qu'un chef, entraîné par une témérité insensée, que cette foule lâche et présompteuse laissera sans défense contre toutes les forces de l'empire, après avoir exhalé son courage en démonstrations et en paroles.

Cependant il veut faire servir à ses projets les élans de leur première ardeur et l'effroi qu'inspire le nom de leur chef. Il a trahi le sultan, et s'est rangé, au milieu même du combat, sous les drapeaux du prince Aladin son frère. Il vient, de la part des rebelles, proposer à Skander une alliance insidieuse. Il va lui porter des paroles d'admiration, d'amitié, de paix ; et déjà, dans son cœur, il trame sa perte.

Skander écouta d'un air sombre, mais calme, le long discours d'Osmin.

Cet envoyé d'un frère perfide ose louer la piété filiale du héros ; il l'anime à saisir l'occasion que lui offre la faveur du Ciel, à unir ses drapeaux aux drapeaux d'Aladin, à venger dans le sang d'Amurat la mort de son père : réunis, ils écraseront sans peine un rival déjà à demi-terrassé ; une alliance inviolable avec l'empire, un agrandissement de territoire, une couronne royale, ne sont pas les seules récompenses que la reconnaissance d'Aladin réserve à Skander: soumise aux volontés de son oncle devenu son empereur, Zelma, sacrifiant à l'amour et à la nécessité le souvenir d'un père barbare, acceptera pour son époux le roi d'Épire et de Macédoine, l'allié de la Porte Ottomane, l'ami du sultan ; et de si brillans avantages ne se feront acheter ni par une longue attente, ni par des efforts pénibles ; en accordant dès l'instant même, à son allié naturel, le secours de son nom et de son épée, ce noble enfant de la Grèce, altéré de vengeance, avide de gloire, enflammé d'amour, n'aura plus, dans quelques heures, de vœux à former.

L'approbation, l'espoir, la joie des Grecs qui entouraient Skander et qui entendaient ce discours, allaient éclater par les marques les plus vives, quand tout-à-coup son air sévère et sa terrible réponse firent taire leurs transports.

« Malheureux! » dit-il à Osmin, « si » le droit des gens, que vous violez, » n'était sacré à mes yeux, je vous » livrerais à l'instant, chargé de chaînes,

» au courroux du maître que vous avez
» trahi... Oui, trahi... Ne me regardez
» pas avec cet air de surprise insolente...
» La cause des Grecs n'a rien de com-
» mun avec la trahison, avec la révolte.
» Le fils qui venge son père, le prince
» qui délivre ses sujets, le citoyen qui
» se dévoue pour sa patrie opprimée,
» font une action agréable à Dieu,
» admirable aux yeux des hommes :
» mais un frère dénaturé, comme
» Aladin, un sujet rebelle, comme
» vous, sont en horreur au Ciel et à la
» terre. Et vous osez, par un mélange
» qui me fait horreur, associer votre
» perfidie à mon dévoûment, vos crimes
» aux efforts que la vertu m'inspire, et
» une révolte infame à une rebellion
» sainte ! Que dirait-on de moi, grand
» Dieu ? Non, cette alliance dût-elle me
» sauver, je n'achèterais pas ainsi mon
» salut au prix de l'honneur. Mon nom,
» mêlé dans vos trahisons, dans vos
» fratricides, perdrait sa pureté, sa

» gloire : la cause de la Grèce, si noble
» et si sainte, serait profanée. Et ne
» croyez pas que vos promesses m'abu-
» sent ; la politique des Ottomans m'est
» connue ; je sais qu'après la bataille,
» le vainqueur, quel qu'il soit, sera
» mon ennemi... Sortez. »

Brûlant de colère, couvert de honte, Osmin obéit. Skander a-t-il fait connaître devant lui tous ses sentimens? Non ; il n'a rien dit de Zelma ; et Zelma seule occupe sa pensée. Quel doit être l'effroi de cette fille si tendre, si dévouée à son père ! Quel surcroît de douleurs ! Et dans quel moment !.. ô Dieu ! va-t-elle croire qu'il est le complice des traîtres ? va-t-elle l'accuser des pleurs nouveaux qu'on lui fait répandre, lui imputer le deuil dont elle est menacée ?

La résolution de Skander est prompte, hardie, irrévocable ; il court au palais : il demande à voir la princesse. Dans l'excès de son trouble et de sa terreur, elle n'a pas la force de lui interdire sa présence.

Il paraît, dans le costume d'un guerrier, revêtu de ses armes, prêt à s'élancer sur son coursier et à voler aux combats.

« Ah! cruel », lui dit-elle, d'une voix mourante, « qu'avez-vous fait!... Que » va devenir mon père?... Il est perdu.

— « Il est sauvé.

— « Et qui le défendra?

— « Moi. Avec tous mes Grecs, je » vole à son secours. Non, je ne trahis » pas les sermens sacrés et douloureux » que j'ai prêtés à l'ombre d'Ivan : » après avoir sauvé le père de Zelma, » je reprendrai, contre le sultan, toute » ma haine. Mais pouvais-je, ô Ciel, vous » abandonner dans cet affreux péril? » O Zelma! Ce cruel devoir, que j'ai » trop écouté peut-être, va laisser à » l'amour, à la reconnaissance, un » moment d'empire sur cette âme dé- » chirée. Votre père n'a plus rien à » craindre : il ne lui faut qu'un secours » prompt et fidèle; son génie et son » courage feront le reste.

— « O Skander !.... et vous êtes son
» ennemi !....

— « Ah ! je ne veux lui livrer que
» des combats honorables ; et dans ces
» combats même, je vous le jure, je
» l'éviterai, et je souhaiterai qu'il
» m'évite. En est-ce assez ? Que vous
» faut-il de plus pour vous prouver
» combien vous m'êtes chère ?.....
» O Zelma ! trop criminel envers vous
» pour oser espérer ma grâce, je ne vous
» demande pas, pour prix de ce service,
» la faveur d'un regard plus doux, d'un
» adieu plus tendre..... Ah ! cependant
» si tu savais ce que je souffre, tu ne
» me laisserais pas partir ainsi sans me
» consoler.... Adieu, Zelma, adieu.....
» Tout est fini, je le vois. Puissé-je
» périr dans ce combat, puisque vous
» ne m'aimez plus ! »

Il se retire. Zelma reste seule : à la pénible contrainte qu'elle s'était imposée en présence de Skander, succèdent tous les transports d'un amour qu'ont encore enflammé la douleur, la crainte et la colère. Elle admire ce généreux courage, et s'applaudit des sentimens qu'elle a fait naître dans une âme si élevée. Un rayon d'espérance luit enfin à ses regards. Skander va combattre ; il va triompher. Sans doute sauvé par ce noble ennemi, le sultan lui offrira une paix qu'ils pourront tous deux signer sans rougir. Possesseur d'un empire immense, étendant son sceptre redoutable depuis les bords du Danube jusqu'aux rives de l'Euphrate et aux sommets du Caucase, le sultan ne disputera pas à Skander ces âpres rochers, cette contrée stérile, triste héritage de ses aïeux, qu'un devoir sacré lui ordonne d'aimer et de défendre ; ces deux héros faits pour s'admirer, voudront rester amis ; ils tiendront les sermens qu'ils se sont faits ; l'hymen n'a-t-il pas souvent, pour la félicité des peuples, uni les deux religions sans les confondre ? Amurat, lui-même, n'est-il pas l'époux d'une chrétienne (1)?

Ces idées consolantes flattent Zelma, et mêlent quelque joie aux cruelles inquiétudes qu'elle ressent pour la vie de son père, pour une autre-vie non moins précieuse. Ainsi, dans les horreurs d'une noire tempête, un rayon de soleil brillant tout-à-coup à travers les nuages, répand un moment sur les flots la lumière et l'espérance ; mais à cette lueur rapide succèdent de plus épaisses ténèbres. Puisse la joie de Zelma être moins fugitive !

Skander vole à l'accomplissement de ses promesses. Toujours ennemi d'Amurat, il veut défendre contre lui l'héritage de ses aïeux, et lui livrer, s'il

---

(1) Irène ou Marie, fille du prince de Servie. Quelques temps après ce mariage, ce prince ayant lié quelques négociations avec les Hongrois, Amurat l'attaqua, le défit, et fit brûler les yeux à ses deux fils.

le faut, une guerre implacable. Mais il ne peut oublier, ni qu'il a sauvé son enfance, ni qu'il est le père de Zelma. Ce titre, qui lui rappelle des souvenirs si doux, mêle à sa fureur contre le sultan un secret respect. Il verrait avec plaisir peut-être couler le sang de son ennemi : mais il aurait horreur d'y tremper ses mains, de porter lui-même à Zelma un coup si affreux, et d'attirer sur sa tête la haine si justement due au meurtrier d'un père....

Il harangue ses soldats, que d'abord ses desseins étonnent. Bientôt, éclairés par ses discours, échauffés de son ardeur, ils voient qu'ils ne peuvent rester neutres, tandis qu'un combat se livre à leurs portes ; que les deux princes ottomans sont animés contre eux d'une égale haine ; que celui qu'ils auront secouru, deviendra peut-être leur ami ; qu'il vaut mieux avoir pour allié le légitime souverain qu'un rebelle et un fratricide ; qu'ils ne peuvent faire un plus noble essai de leurs armes. Ces généreux Grecs, qui adorent déjà leur prince, lisent dans ses traits, dans ses yeux, les tourmens qui le dévorent et dont il ne leur parle pas ; et, pour les faire cesser, ils donneraient leur vie. Ils jurent de lui obéir, de le suivre, de se montrer, dans ce premier combat, dignes de leur chef, de leur nom et de leurs aïeux.

A la tête de ces braves, il sort des remparts. Dérobant sa marche, à travers des bois épais, il arrive près de la plaine où luttent les deux armées. Une haute colline le sépare d'elles. Il laisse ses troupes dans la vallée, gravit seul la colline, et de là considère la bataille.

Déployant en vain toutes les ressources du courage et du génie, le sultan, presque seul, ne soutenait plus un combat désespéré que par la terreur qu'inspiraient encore aux rebelles son nom et sa présence. Avec ses Turcs superstitieux, comment aurait-il résisté à un ennemi qui semblait armé contre lui de toute la puissance des enfers ? Aladin avait eu recours, contre son frère, à un art terrible, que l'Europe venait d'inventer, que l'Orient ignorait encore, et qui, par un privilége attaché au mal, refusé au bien, s'est rapidement propagé dans tout l'Univers. Des renégats italiens, vendant ce redoutable secret à un ennemi de la foi, avaient construit par ses ordres, et dirigeaient pour lui ces machines de bronze, qui vomissent, avec un bruit épouvantable, la flamme et la mort. Leurs foudres, rangées sur une longue ligne, couvraient de feu et de fumée les guerriers d'Amurat. Éperdus de terreur, ces musulmans stupides fuyaient en jetant leurs armes, et croyaient voir, dans leurs ennemis, non des hommes, mais d'affreux démons, à qui le Ciel, pour châtier Amurat, permettait de lancer son tonnerre.

Du haut de la colline, Skander considère ce spectacle avec un mélange d'admiration, d'inquiétude, de joie. Déjà le bruit de cette invention redoutable était venu à ses oreilles : toujours ardent à s'instruire, il s'en était entretenu avec des Francs (1); il en avait étudié les principes, deviné les effets, et déjà il songeait à armer de ce nouveau tonnerre la patrie qu'il croyait la sienne. Ainsi, ce spectacle qui glace de terreur les deux armées, ne l'étonne pas. Il découvre, dès le premier coup-d'œil, toute l'imperfection de cet art en son enfance, toute l'inhabileté de ceux qui l'exercent. Ils préparent leurs coups avec embarras, avec lenteur : ils les dirigent trop loin, trop haut. Quelquefois même leurs énormes machines éclatent entre leurs mains, et les écrasent eux-mêmes, aux yeux de leurs compagnons épouvantés.

Soudain une de ces inspirations rapides, qui font le destin des batailles,

(1) C'est, comme personne ne l'ignore, le nom que les Orientaux donnent aux Européens.

vient éclairer le jeune chef. Déjà la victoire est dans sa pensée. A sa voix, ses guerriers arrivent sur la colline :

« Amis », leur dit-il, « ce bruit, » ces feux, cette horrible fumée, ne » doivent pas vous effrayer. Ne re- » doutez pas les efforts d'un pouvoir » mystérieux et invisible : contre l'éten- » dard de la Croix, l'enfer n'a pas de » puissance. Précipitons-nous sur ces » renégats que la terre et le Ciel abhor- » rent. Eteignons dans leurs mains in- » habiles ces foudres qu'ils ne savent » pas maîtriser. Je marche à votre tête : » suivez-moi. »

Il dit, s'élance avec ses braves, descend rapidement la colline, arrive non loin des bouches enflammées, exposé à leur fureur, et soudain s'arrête. A l'arrivée de ces nouveaux combattans, les soldats d'Amurat poussent un cri d'allégresse, et sentent renaître leur courage : Aladin et les rebelles frémissent ; les renégats sourient d'indignation et de pitié, et rugissant d'une joie sauvage, heureux de pouvoir immoler des chrétiens, préparent l'explosion qui doit les anéantir.

Les foudres vont gronder : déjà l'éclair brille. Skander fait un signe, et tous les Grecs se précipitent le front contre terre avec leurs armes. L'épouvantable orage siffle, éclate, tonne avec des roulemens affreux, traverse les airs bien au-dessus de leurs têtes, et va se perdre au loin dans les bois. Au milieu de l'épaisse fumée qui les entoure et qu'éclaire par intervalles une lueur sinistre, les Grecs se relèvent intrépides, et poussant un cri de mort, courent sur les pas de leur chef, vers les machines de bronze, encore toutes brûlantes des feux qu'elles viennent de lancer. Tandis que les renégats éperdus, étourdis par le bruit, éblouis par les flammes, aveuglés par la fumée, préparent au hasard une explosion nouvelle ; Skander et les Grecs fondent sur eux, les renversent, les immolent : ils n'osent cependant les remplacer ; ils craindraient que le tonnerre, qu'ils voudraient allumer, ne les écrasât eux-mêmes. Mais ils rendent ce terrible auxiliaire inutile à leurs ennemis ; et tandis qu'un détachement garde leur conquête, les autres, commandés par leur prince, se précipitent sur les rebelles.

Aladin et ses soldats voient entre les mains des Grecs ces foudres épouvantables, à qui ils devaient la victoire, et qui les faisaient trembler, même en tonnant pour eux. Ils croient qu'obéissant maintenant à la volonté de l'ennemi, elles vont lancer sur eux leurs feux vengeurs : l'effroi se répand parmi ces rebelles ; ils se persuadent que Dieu irrité les punit et d'avoir trahi son lieutenant (1) et d'avoir osé imiter sa foudre.

---

(1) Le sultan des Turcs prend les titres de Successeur des califes, et de Lieutenant de Dieu sur la terre.

Leurs bataillons reculent, se heurtent, se confondent. A la tête des Grecs, Skander poursuit leur foule éperdue; le sang coule à torrens sous son redoutable cimeterre. Les soldats d'Aladin se renversent les uns les autres, et bientôt la déroute est générale. Osmin, immolé par Alexis, mord en frémissant la poussière, blasphême de sa voix mourante le Dieu des chrétiens, et ne songe pas qu'il va tomber entre ses mains terribles.

Amurat secondé en général habile les mouvemens hardis de Skander. Ses guerriers redoublent d'ardeur, se rallient autour de leurs drapeaux, renversent tout ce qui s'oppose à leurs efforts. Le sultan fait proclamer la grâce de tous les rebelles, qui jetteront leurs armes et auront recours à sa clémence. A cette nouvelle, tous les soldats d'Aladin l'abandonnent et implorent leur pardon. Aladin reste seul. Un de ses confidens, devenu son meurtrier, porte sa tête sanglante au sultan, qui, pénétré à la fois de joie et d'horreur, déteste le crime, et récompense le criminel.

La bataille est terminée. Skander se retire sous les murs de Croïa : toutes ses troupes rentrent dans la forteresse. A une égale distance de la ville grecque et de l'armée turque, un lieu est choisi pour l'entrevue du sultan et du prince. On y dresse à la hâte un pavillon. Là leurs intérêts doivent être réglés par eux-mêmes : là Zelma doit être conduite, et remise entre les mains de son père.

Skander arrive le premier au lieu fixé pour l'entrevue. Démétrius l'accompagne, et arrose de larmes de joie ce front, récemment orné d'une palme si belle. Mais rien ne peut distraire le jeune homme de l'inquiétude qui l'accable.

L'orgueil farouche du sultan laisse à son amour si peu d'espérance ! Dans le secours que Skander vient de lui donner, il ne verra sans doute que la tardive réparation d'un outrage, qu'un devoir rempli avec ostentation par un sujet, dont la défection inouïe avait seule causé les périls de son maître !

Près d'être arraché à tout ce qu'il aime, Skander semble avoir perdu tout son courage. Il forme des projets incohérens, insensés : tantôt il veut retenir Zelma par la violence ; et soudain il a horreur d'une telle pensée. Tantôt il voudrait lui persuader d'abandonner son père pour couronner son amour ; et il rougit ensuite de l'avoir outragée par un si coupable désir. Il pleure sur cette amour si tendre et payée d'un prix si cruel. Il songe que, si l'inexorable destin s'obstine à les séparer, Zelma sera la plus malheureuse ; que, pour lui, la vengeance, la gloire, les dangers, les fatigues du gouvernement, les plaisirs violens de la guerre, vont conspirer pour distraire sa flamme et pour adoucir ses maux : tandis que, solitaire et captive au fond d'un sérail, Zelma s'ensevelira toute entière dans ses souvenirs et dans sa douleur !

Telles sont les pensées qui le déchirent. Non, il n'est pas d'expression pour de si cruels tourmens. Dans l'excès de sa peine, il supplie le Ciel, pour qu'il le délivre de sa vertu ou de son amour, et qu'il lui permette d'être irréprochable sans désespoir ou criminel sans remords. Vœux inutiles ! L'amour irrité se venge en redoublant sa malheureuse flamme ; et la vertu inexorable traîne sa victime à l'autel où elle va l'immoler, en lui reprochant même ses soupirs et ses combats.

Déjà la princesse, d'un côté, le sultan, de l'autre, arrivent sous le pavillon. Amurat, Skander, Démétrius restent debout. Zelma se place sur un sopha, qu'on avait préparé pour elle : elle écarte son voile. Ses regards cherchent vainement à éviter ceux de Skander, qui reconnaît en frémissant les traces de la douleur qu'il lui a causée. Le chagrin, en voilant, sans les obscurcir, les roses de son visage, en mêlant aux flammes qui partaient de ses yeux, une douce langueur, n'a fait que donner à sa beauté divine un charme de plus. Mais qu'il est cruel, celui qui ajoute à ses attraits ce lustre douloureux! de quels remords il se sent déchiré!

Pendant que Skander n'a d'yeux que pour Zelma et garde un profond silence, Amurat paraît plongé dans une sombre rêverie. Le service imprévu que son ennemi vient de lui rendre, la tendresse qu'il a toujours ressentie pour lui, la secrète admiration que lui inspire son audace même, triomphent enfin dans son cœur du dépit et de la colère. Il veut renouer les liens qui l'unissaient à ce fils de son choix, mais sans qu'il en coûte à son orgueil le plus faible sacrifice. L'Europe a plié devant lui : pliera-t-il devant son esclave? Regardant le jeune homme d'un air fier et indigné, il rompt enfin le silence :

« Skander ! tu m'as donc trahi ! Tu » as oublié que je t'ai donné la vie !

— « Je viens de sauver la tienne ; je » ne te dois plus rien.

— « Esclave ! toi que j'ai pu faire » languir dans l'obscurité des condi» tions les plus viles, j'ai fait de toi un » guerrier, un prince ; et voilà ma ré» compense !

— « Tes efforts auraient été vains. » Jamais l'enfant du lion ne serait de» venu un agneau timide : tôt ou tard » il eût fallu lui rendre compte du sang » de son père. »

Le fier langage des deux ennemis fait trembler Zelma, qui lève au ciel ses yeux humides de larmes. Surpris, irrité de l'audace d'un jeune homme, jusque-là si docile et si timide en sa présence, Amurat est sur le point de rompre l'entrevue, de l'abandonner à son sort, de ne plus voir en lui qu'un sujet perfide et un esclave rebelle. Il se plaint en secret de la destinée, qui lui envie si cruellement la douceur d'être aimé, et qui repousse loin de lui, et les fils que lui a donnés la nature, et ceux que son affection a choisis. Mais la voix de l'amour paternel lui parle encore ; le bonheur de Zelma le touche : et la gloire de l'empire, l'honneur de ses armes, lui font une loi de conserver le plus habile de ses généraux, le plus brave de ses soldats. Il estime même davantage Skander, depuis que ce fils d'Ivan s'est déclaré son ennemi, et il admire ce courage si noblement téméraire. Il daigne donc lui adresser des paroles d'amitié et de paix ; mais c'est avec toute la fierté d'un conquérant, tout l'orgueil d'un maître. Même en lui parlant d'alliance et d'hymen, la menace est dans ses yeux et dans sa bouche ;

« Jeune homme ! ne cours pas à ta » perte ; ne brave pas une puissance » devant laquelle l'Europe s'incline en » tremblant. Cette contrée, cette ville, » ce peuple sont à moi. N'espère pas

» que je t'abandonne ma conquête, et
» qu'aux yeux de l'Univers, je m'avoue
» vaincu par un enfant. Je le jure ici;
» et je prends à témoin de mes sermens
» ce livre sacré que Mahomet a reçu
» de la main des Anges (1); jamais je
» ne céderai à un chrétien une seule
» place de mon empire. Vois si avec
» les dix mille hommes que peuvent
» nourrir ces rochers stériles, tu feras
» reculer les trois cent mille guerriers
» qu'un seul signe d'Amurat réunit
» sous les drapeaux du Croissant, ces
» spahis, ces janissaires, qui ne peu-
» vent s'ébranler sans que le Danube et
» l'Euphrate, le Nil (2) et le Tibre,
» reculent d'effroi vers leur source.
» Écoute ce que ma bonté daigne t'of-
» frir. Je ne puis accepter pour mon
» gendre un ennemi, un rebelle; mais

---

(1) Le Coran.

(2) La Syrie et l'Egypte n'appartenaient pas encore aux Turcs.

» je puis ne pas refuser un chrétien.
» Rends-moi cette cité ; abandonne-moi
» ce vil peuple. La Moldavie soumise
» me demande un prince. Chrétien,
» reçois cette couronne chrétienne.
» Amurat te la donne ; tu l'offriras à
» sa fille. »

A ces mots, Skander a vu briller sur les traits célestes de Zelma l'espérance et la joie ; il se sent entraîné loin de lui-même ; un nuage confus obscurcit ses yeux et trouble sa raison. Dieu ! il pourrait être son époux !... Et il fait un pas vers le sultan, vers elle ; il va prononcer le consentement, qui couronne ses vœux et qui assure sa honte. O faiblesse des plus grands courages ! ô vanité de la gloire !... Mais le Ciel ne l'a pas abandonné : tout-à-coup le souvenir de son père s'offre à lui : la lumière de sa raison et l'ardeur de sa vertu, un moment éclipsées, se raniment avec plus de force... Il recule ; il s'écrie :

« Moi ! te vendre mon peuple et
» l'abandonner à ta fureur ! Rejeter les

» enfans que le Ciel m'a donnés, pour
» être, dans une province infortunée,
» l'esclave des Turcs et le tyran des
» chrétiens ! Recevoir de toi le prix du
» sang de mon père !...... Amurat !
» connais mieux ton élève : il est plus
» digne de toi. »

Après ces paroles, prononcées avec toute la fermeté d'une résolution irrévocable, il adresse à Zelma les discours les plus passionnés, les plus douloureux, les plus tendres. Mais elle le repousse avec horreur ; elle refuse d'écouter sa voix ; elle n'a pas pitié de ses larmes. Elle lui dit :

« Laisse-moi, perfide ! n'attends plus
» rien de moi qu'une haine éternelle...
» Puissent du moins les prières, que
» j'adresse à un Dieu vengeur, n'être
» pas vaines ! Puissent ces affreux
» rochers, ces détestables chrétiens,
» cette fausse gloire, que tu préfères à
« mon amour et à tes sermens, trahir
» toutes tes espérances ! Vaincu, aban-

» donné, poursuivi comme une bête
» fauve, de roc en roc et d'abîme en
» abîme, puisse-tu implorer en vain
» Zelma de ta voix expirante ! Va, je
» te déteste : heureuse du moins, heu-
» reuse que ton Dieu ne soit pas le
» mien ! je n'ai pas à redouter l'hor-
» reur de te voir dans une autre vie. »

En achevant ces mots, elle se laisse tomber dans les bras de ses femmes : mais la violence de son courroux ranime ses forces défaillantes, et arrête sur ses lèvres son âme prête à s'exhaler. Elle sort du pavillon, soutenue par ses esclaves. Le sultan sort après elle, et laisse pour adieux à Skander ces mots terribles :

« Monstre ! tu l'as tuée ! »

Le jeune homme reste immobile, et suit de ses tristes regards le sultan, la princesse et leur cortége, qui descendent les hauteurs. Il semble avoir perdu le sentiment et la voix ; et sans l'ardeur effrayante de ses yeux, on pourrait croire que son âme, abandonnant ce corps glacé, a été recevoir le prix d'une vertu si magnanime et si douloureuse.

Alexis et l'élite de ses guerriers accourent : ils le contemplent et frémissent. Quelques larmes coulent sur leur visage farouche.

Tout-à-coup il tressaille. La menace est dans ses traits, la victoire est dans ses yeux. Il agite son épée avec un mouvement terrible :

« Amis ! » s'écrie-t-il, « vive à jamais » la Grèce ! Victoire à la croix ! »

Tous les Grecs, par un transport unanime, tirent leurs glaives, et prononcent le même cri, qui, renvoyé par les rochers, répété par les échos, roule de vallée en vallée et va porter jusqu'aux bords de la mer et aux confins de l'Épire l'espérance de la liberté.

Alors, précédé de ses guerriers, accompagné de Démétrius et d'Alexis, Skander reprend la route de Croïa. Mais il ne partage pas l'allégresse qui l'entoure : son front est couvert d'un nuage sombre ; il soupire ; et souvent il détourne la tête vers le chemin des vallées, par où Zelma et son père viennent de disparaître à ses yeux.

NOTE.

NOTE

SUR SKANDER.

La célèbre révolte de Skander contre Amurat, qui fait le sujet de cette Nouvelle, est racontée d'une manière très-invraisemblable par les auteurs italiens, qui ont écrit la vie du prince grec. Leur étrange récit est généralement adopté. Le voici, reproduit par M. de Ségur, le plus élégant des historiens du Bas-Empire.

« Amurat, trompé par le dévouement
» apparent sous lequel ce jeune prince
» cachait ses projets de vengeance, lui
» confia des emplois militaires importans.
» A la bataille de Sophie (1), Scanderberg
» commandait un corps de cinq mille
» cavaliers, dont il s'était assuré la fidélité.
» Au moment où les deux armées, par un
» dernier choc, allaient décider du sort de
» cette journée, Scanderberg passe rapi-
» dement avec sa troupe du côté des
» Chrétiens, et charge en flanc les
» Musulmans. Cette défection, cette at-
» taque soudaine, répandent parmi les
» Turcs la consternation et l'effroi. Ladislas
» et Huniade profitent de ce désordre,
» enfoncent les Infidèles, et les poursuivent
» jusqu'au mont Hémus, qui protégea leur
» retraite.

» Scanderberg, après la victoire, ayant
» rencontré un secrétaire d'Amurat, le

---

(1) Ville de Bulgarie.

» força d'écrire, de signer et de sceller du
» grand sceau du sultan une patente, qui
» ordonnait à la garnison de Croïa, capitale
» d'Albanie, de remettre cette place entre
» ses mains. Maître de cette patente, il
» fit poignarder ce secrétaire et ceux qui
» l'accompagnaient. Ainsi la trahison, le
» meurtre et l'apostasie furent les premiers
» degrés qui conduisirent au trône ce héros.
» Le reste de sa vie glorieuse couvrit cette
» tache sans l'effacer; la légitimité de la
» vengeance et trente ans de gloire peuvent
» décorer, mais non justifier de tels crimes.

» Scanderberg, sans perdre de temps,
» conduisit sa troupe à Croïa; la garnison
» trompée lui ouvrit les portes; tous ses
» sujets accoururent à sa voix; les états
» d'Epire le reconnurent pour leur chef. Le
» bruit de son nom attira sous ses drapeaux
» les plus braves aventuriers de l'Europe,
» et, à la tête d'une armée d'élite qui ne
» dépassa jamais le nombre de huit mille

» soldats et de sept mille cavaliers, profitant
» avec habileté du courage de ses troupes et
» de l'aspérité du pays, il résista constam-
» ment aux forces immenses d'Amurat et de
» Mahomet II, surprit leurs détachemens,
» s'empara de leurs convois, défit leurs
» armées, évita les efforts de leurs masses
» par des manœuvres habiles, les étonna
» tour-à-tour par la célérité de ses attaques,
» par l'habileté de ses retraites, brava leur
» puissance, se maintint contre eux dans
» la possession de l'Epire et acquit dans ces
» étroites contrées une grande gloire, etc. »

Cette défection, cette perfidie, ce secrétaire égorgé, cette ville surprise, sont évidemment autant de fables. Les Turcs ont-ils jamais admis dans leurs armées un corps de cinq mille cavaliers chrétiens ? Si Amurat eût commis cette inconcevable faute, y aurait-il ajouté la faute non moins inconcevable d'en donner le commandement à un prince, né d'une famille chrétienne, ayant de justes prétentions sur une principauté chrétienne, soumise par les armes et les perfidies du sultan? Et si ces cavaliers étaient mahométans, comment auraient-ils consenti à une telle trahison? Que seraient-ils devenus après l'avoir commise? Auraient-ils tous ensemble reçu le baptême? Un fait si extraordinaire et si inoui n'aurait-il pas laissé quelques traces dans l'histoire? Les biographes de Skander eux-mêmes oublient les cinq mille cavaliers, et n'en parlent plus.

En outre, est-il probable qu'Amurat laissât son grand sceau à la disposition d'un secrétaire, errant aux environs du mont Hémus; et que ce secrétaire, muni du grand sceau de l'empire, soit allé s'exposer à la rencontre d'une armée rebelle? Comment Skander, avec ses cinq mille hommes, a-t-il franchi les quatre-vingts lieues qui séparent Sophie de Croïa, à travers tant de montagnes, dans une contrée occupée par les Turcs, avant que la nouvelle de la bataille et de sa défection fût arrivée en Epire?

Toute cette conduite de Skander, qui révolte justement l'historien français, est une invention des biographes italiens : ils ont cru honorer le héros qu'ils célébraient, en lui attribuant des ruses et des trahisons que l'Italie du moyen âge appelait traits de politique et coups de génie.

D'ailleurs cette bataille de Sophie, dont l'importance et les résultats ont été singulièrement exagérés, fut livrée l'an 1443 : et il paraît que la révolte de Skander contre Amurat se rapporte à 1447 ou 1448.

Laonice Chalcondyle, d'Athènes, auteur contemporain, raconte le fait bien plus naturellement : il dit, en peu de mots, qu'animé d'une juste haine contre l'ennemi et le meurtrier de sa famille, Skander s'échappa de sa cour et parvint à soulever les anciens sujets de son père.

Je voulais ajouter, à la fin de cet opuscule, une courte esquisse des exploits qui ont immortalisé ce héros. Mais son histoire, écrite par les auteurs italiens, dont j'ai déjà fait mention, ne peut inspirer aucune confiance : ils n'ont fait qu'un roman, et un roman sans mérite. Dans l'insipide récit de tant d'exploits fabuleux, il est imposible de démêler la vérité.

Ainsi ce héros, qui défendit si long-temps à force de génie et de courage sa forteresse et ses rochers contre tout l'effort de la puissance ottomane, est à peine connu, tandis que l'histoire de ces misérables tyrans de Bysance, sans cesse vaincus et avilis par les Turcs, remplit d'énormes volumes.

Le portrait de Skander nous a été conservé. Son air est noble et martial : son regard est rêveur et mélancolique; on y démêle une tristesse causée sans doute par la certitude que tous ses exploits seraient vains et ne feraient que retarder la chûte de sa noble patrie.

Après sa mort (1), sa principauté devint la proie des Turcs. Sa veuve se retira à Naples avec son fils encore enfant.

« J'ai vu cette princesse à Naples, » dit un auteur contemporain. « Quant à son fils, » il erre dans l'Europe, comme un pélerin » hors de sa maison, et demande en vain au » pape et aux puissances chrétiennes, des » secours, pour reconquérir l'héritage de » son père. »

(1) 17 janvier 1467.

www.ingramcontent.com/pod-product-compliance
Ingram Content Group UK Ltd.
Pitfield, Milton Keynes, MK11 3LW, UK
UKHW031909260826
14628UKWH00003B/1087

9 782329 020419